名家名篇

谁的等待恰逢花开

陈小荣

百花洲文艺出版社
BAIHUAZHOU LITERATURE AND ART PRESS

U0679341

图书在版编目(CIP)数据

谁的等待恰逢花开 / 陈小荣著. —— 南昌：百花洲
文艺出版社,2019.11
ISBN 978-7-5500-3406-8

Ⅰ.①谁… Ⅱ.①陈… Ⅲ.①长篇小说—中国—当代
Ⅳ.①I247.5

中国版本图书馆 CIP 数据核字(2019)第 215382 号

谁的等待恰逢花开
SHUI DE DENG DAI QIA FENG HUA KAI

陈小荣 著

总 策 划　伍　英
策划编辑　飞　鸟
责任编辑　杨　旭　刘玉芳
封面设计　辰麦通太设计部
出版发行　百花洲文艺出版社
社　　址　南昌市红谷滩新区世贸路 898 号博能中心 A 座 20 楼
邮　　编　330038
经　　销　全国新华书店
印　　刷　永清县晔盛亚胶印有限公司
开　　本　710mm×1000mm　1/16
印　　张　14
版　　次　2020 年 9 月第 1 版　2020 年 9 月第 1 次印刷
字　　数　160 千字
书　　号　ISBN 978-7-5500-3406-8
定　　价　58.00 元

赣版权登字 05-2019-261

邮购联系 0791-86895108
网址 http://www.bhzwy.com
图书若有印装错误,影响阅读,可向承印厂联系调换。

一个新闺密时代给予人们的思考

——读陈小荣《谁的等待恰逢花开》碎片记忆

商子秦 王吉庆

认识陈小荣是从读她的小说开始的，记得当年小荣高中刚毕业就写了一部长篇小说《高三女生》，当时在小县城引起了一阵不小的轰动，自那以后她又写了一定数量的短篇小说。我在《牛背梁》刊物做小说编辑时，编过她的小说，总体感觉她是一个有才情的女子，小说写得温文尔雅，具有智慧和灵气，文友们都曾鼓励她多写。她果然不负众望，又写了一部长篇《谁的等待恰逢花开》，初稿写成后第一个送给我看，还嘱托我看后能提点意见，并写几句话，也因此我有幸成为先睹为快者。作为小荣的长辈和也曾写过点小说的自己，也就不好推辞，抽出时间开始阅读，看着看着，还真看出了些许门道，就真想写几句看后心得。

《谁的等待恰逢花开》是一部写新闺密时代的情感小说。全书塑造了五个性格迥异的年轻城市闺密形象。一个是主人公林慕雪，她温文尔雅、美丽聪慧、自强努力，对闺密极为关照，她温柔贤惠、自立勤奋的努力却没能换得个人幸福，反而惯出了一个不求上进、惰性十足的丈夫，最终换来了失败的婚姻和爱情；一个是天真活泼的假小子形象的郭巧

娜,她对闺密的事会两肋插刀,而对自己的婚姻生活处理得不是那么顺当;一个是文弱的屈莹,她曾被生活捉弄过,因此总觉得内心不公,开始玩弄起生活与感情,最终又被生活捉弄,成为悲情的人物;一个是在心里藏不住一句话的李佳茵,每次在闺密出现问题的时候她都会出现,也是闺密里不可或缺的范儿,嫁入豪门,却总摆脱不了"富婆"造影而身心疲惫;还有一位就是李倩,她天生丽质,这不是她的错,错就错在没能抵挡住这些优点带来的诱惑,最终被阴影笼罩着。她们都在自己特定的生活环境中沉浮,但是好在有闺密随时会在她们最需要的时候出现,才使生活有了一些充实与美感。

《谁的等待恰逢花开》的故事情节集中巧妙,人物形象多样鲜明,可见她在构思上是下了一番功夫的,其框架和主线脉络是清晰的、突出的。如果说她的第一部小说《高三女生》还有少女般的青涩的话,那么这部《谁的等待恰逢花开》就成熟了许多,也有了一个人经过社会磨砺后那种特有的经验与老道。她不急不躁,描写了一个新闺密时代中,闺密之间质感多样的爱情、亲情与友情。主要人物林慕雪的悲情出场,也招来了闺密的出场,小说也就有了进展的基础与内容。小说将她们的情感、生活、审美观娓娓道来,你自然就会被那些闺密间的亲密无间而感动,她们都会在这个信息发达的时代,如影随形地关注着对方,关心着对方。在这个微时代发达到极致的时期,闺密之间的每一个细小变化都会暴露在彼此眼前。你无论走到哪里,或逃避或逃离,都会被看得清清楚楚,她们也都会在第一时间,用她们特有的方式,将你从痛苦甚至绝望中带回到现实,这也是新闺密时代闺密存在的意义。

新闺密时代从大处说是社会现象,往细处说是个人私事。"家家都

有一本难念的经"，它决定着我们每个人的生存、发展、命运、处境乃至思想、情感等等。《谁的等待恰逢花开》从新时代社会婚姻问题的宏观着眼，从每一个小说人物的关系和命运入手，展现了一幅逼真而严峻的世俗社会图画。小说中的林慕雪和柳逸枫，林慕雪聪慧漂亮，柳逸枫英俊潇洒，高中毕业后，林慕雪选择自谋职业开了一家美容院，柳逸枫成了一位军人。二人一见钟情，喜结良缘，又有了一个聪明、漂亮、上进的女儿果果。这样的青年，这样的家庭，本该是比翼齐飞。林慕雪做到了，但柳逸枫退役在家没能找准自己的位置，没能找到合适的工作，闲居在家，也不愿意为爱人的事业付出，养成了一身的惰性，最终成为电脑狂人，一玩起来就忘了一切，性格也变得暴躁起来，最终原本美好的婚姻也走到了尽头。当林慕雪也需要有肩膀依靠的时候，在她的生命里又出现了一个肖羽泉，肖羽泉的出现又让她迎来了生命的第二春，爱的火焰在即将熄灭的时候又被重新燃烧。两人都有自己的事业，又有共同的兴趣和爱好，当他们要确立婚姻关系的时候，她突然得知肖羽泉还有段名存实亡的婚姻，无论肖羽泉做出怎样的表白与努力，她都像吃了苍蝇一样窝心与难受，她觉得对自己肖羽泉的对象都不公平，林慕雪再次选择了逃离，选择一种无目的的等待。

　　林慕雪家庭出现了裂痕，这期间几个闺密都出了不少事。屈莹因一次老公的外遇，心情变得烦乱与暴躁，以至于后来选择了报复，这种玩世不恭的心态，导致了被人欺骗，最后以跳楼结束了年轻的生命。李倩婚后一直在为丈夫李明浩做着不懈的努力，可依然在公婆冷酷冰冷的脸色下度日，无法忍受，选择去了国外。郭巧娜看似大大咧咧，在婚姻中也出现了一些不尽如意的地方，在她即将步入大龄的时候，认识了柳兵，这才开启了真正的情感之门。柳兵早年离异，他是个用情专一的男人，认识郭巧娜他是用心去爱去疼的。就在和郭巧娜准备结婚的前夜，他突然晕倒了，去医院查出是肝癌晚期，郭巧娜正是如花似玉的年纪，柳兵不能因为自己自私的爱毁了她一生，所以在举行婚礼的前一天，他自编自演了一场悲剧，在郭巧娜的生命里犹如人间蒸发。正在她意志消沉的时候又遇上了肖宁，当她在肖宁的苦苦追求下，答应结婚正准备婚礼时，突然得知一个晴天霹雳般的消息，柳兵去世了，这给她又一次无情的打击。然而，比这种打击更为严重的是，她在处理后事时又出了车祸，好在还有肖宁的照顾和陪伴，最终她被肖宁和闺密唤醒了。"爱情是灯，友情是影子，当灯灭了，你会发现你的周围都是影子。"这一帮闺密，这些年出了那么多事，好在有闺密，生活就有了存在的意义。谁的等待恰逢花开？是林慕雪？是肖羽泉？是巧娜？是肖宁？还是别的谁？都在人们的期待中，也许当你读完这部小说就会有答案了。

小说厚重与否在于人物是否丰满，读完这部小说，印象最深的就是小说中的人物，他们会在你的脑海里像过电影似的来回闪动：郭巧娜、李佳茵、屈莹、李倩，包括主人公林慕雪，每个人都是一本书，书的封面、内容各不相同，她们一路走着，内容不断丰富起来……

林慕雪是个很理性的小女人，在她的思想里：感情没有取悦，只有真心实意的不离；人心，没有践踏，只有相依相伴的温情。一段情，始于心动，无言也欢；一份爱，止于心冷，无语也多。爱可以守望但不奢望，情可以包容但不纵容。

正是如此，林慕雪在自己的感情处于昏暗的时候，还能对自己的客户耐心地开导："女人的漂亮很重要，可以直接影响她的幸福和生活，漂亮的女人往往比较自信一点，每个男人的内心，都希望自己的女人是最漂亮的，不管是在视觉欣赏下还是在面子上都会占优势。要不然就不会有秀色可餐一词了。"林慕雪常给她的客户们讲："外貌美丽的女人堪称尤物，智慧与美貌并存的女人才更加有魅力，才会更加吸引男人！现实就是这么残酷，往往人看到的，追求的，只是外在的东西，外表不美是一种遗憾。不能怪别人以貌取人，毕竟内心太远，而脸就在眼前。所以不能一直遗憾下去，尤其是女人，有变美的机会，一定要紧紧抓住，也许人生就此改变！"其实这并不是林慕雪职业病，而是这些都早已成为她思想固有的基因。

林慕雪是非常相信命运的，她说："命就像车，运就像是路。虽有豪车，但行驶在崎岖坎坷的道路上，就是有命无运；虽是破车，但能行驶在康庄大道上，就是无命有运。"

然而命运也是挺能愚弄人的。某一天林慕雪还在给一个客户李秀娥讲完女人该懂的那些大道理的时候，还浑然不知她就是肖羽泉没有结束的婚姻对象。也许现实就会出现这样的奇葩，要不怎么有小说的出现呢？

从小说中几个女闺密来看这个时代，虽说不一定能够代表整个社会，但也可以窥见某一个局部。"我以为爱情可以克服一切，谁知道它有时竟毫无力量。我以为爱情可以填满人生的遗憾，然而，制造更多遗憾的，却偏偏是爱情。阴晴圆缺，在一段爱情中不断重演。换一个人，都不会天色常蓝。"这是小说中李佳茵的一声叹息。当另一位闺密李倩听到这声叹息，也有自己的体会："任何一个再要强或者柔弱温婉的女子，

到了曲折的爱情路上,都一样身心疲惫,备受摧残……"

　　读罢小说,掩卷而思,可以说小说的作者是比较成熟的。小说中这些人物都在她简练、灵动的笔下,显得清晰自然、善良美好,也体现了文学人物应有的丰富性、复杂性、深刻性,对于一个年轻作者来说是难能可贵的。如果说要给这部小说挑点不足的话,也许由于作者还非常年轻,社会阅历还有所欠缺,在这个信息非常发达的时代,还没有为小说要表现的人群的婚姻生活,找到个合适、合理的路径与出口。好在小说末尾,能在精心举办的生日 party 上,尽情地释放,让那些受伤的心灵得到些许慰藉,我想当你没找到合适的精神出口的时候,这也不失为一种"常态思维"的好的方式。如此看来,小说《谁的等待恰逢花开》无论是在艺术表现上,还是在叙事方式上,都不落俗套,情节的编织、人物的刻画、主题的揭示、语言的锤炼等,可以说都达到了一定的水平与高度。在这里不用我一一赘述,留给读者去品味,去感悟吧!

目 录

一

林慕雪从法院走出来的时候已经夕阳西下了,此刻她尖细的高跟鞋接触地面再也发不出强劲而有节奏的脆响,今天脚像沾了铅似的沉重得迈不开步子。她机械呆板地向前移动着,一阵萧瑟的秋风吹过,丝丝凉意沁入骨髓,随着"沙沙"的声响,几片黄叶擦过她的肩头滑落,沉重地砸在了地上。她抬头看了看几尽光秃的树枝,心生感慨——当叶子独自落下的时候,它不仅仅辞离了小树枝,还辞去了夏日的火热,那是一份热情;辞去了一个生命,那是一份热忱。它孤独了……无所依偎,无所牵绊……一颗心在风中飘荡,最终沉寂了,灭亡了。眼眶有些湿润,林慕雪此刻的心是凌乱的,她觉得自己现在像光秃的树枝,又像飘落的黄叶,似乎盛夏待续却已到了凉秋。夕辉似金的傍晚,一个人,一瓣孤零;飘然而下,俯身拾起;一切都那么静,发生着。恍若某种心情,自心头升起一缕无故的悲凉,一幅凄然绝美的画面,令人动容。那份萧瑟,那份孤苦,怎一个"愁"字了得。"秋"的"心"——愁,在心头萦绕,挥之不去……秋好浓。

林慕雪清楚地听见一个声音从心脏里吼出:柳逸枫!你,一个重要的过客,之所以是过客,因为你未曾为我停留,在我人生中撒下欢乐的种子,之所以只是种子而不开花,因为你未曾为它浇水施肥;划下我人生中的一道伤痕,之所以有伤痕,因为你未曾温柔地怜悯过;给我一线的光明而瞬间带来全部的黑暗,之所以灰暗,因为你未曾想过为我照亮。脑海里不争气地浮现出柳逸枫的样子,他英姿飒爽穿军装的样子,他幽默风趣的样子,他浪漫痴情的样子,他懒散邋遢的样子,他酒气熏天不成人形的样子……眼泪像断了线的珠子,不听使唤起来。虽然林慕雪咬紧了嘴唇,一遍又一遍告诉自己:别哭,没什么大不了,一切都会过去的。迎着深秋的凉风,林慕雪深深叹了口气,有时候想想,人最大的悲哀莫过于长大。从此,笑不再纯粹,哭不再彻底。想想七年前她还是个父母眼里没有长大的孩子,萦绕她的满满都是幸福快乐。

暖暖的城市好天气

阳光下绿树成荫

路过的恋人美如风景

牵着手相互偎依

冷冷的天空飘起雨

想起了我们过去

过去的我们有多甜蜜

说好会永不分离

那么想你,那么爱你

……

一首歌曲,带着一个故事。听起来就能回忆太多往日的琐碎。商场楼里飘出伤感而熟悉的音乐,此刻恰到好处地配合着林慕雪伤到骨子里的无限哀愁,一首老歌,一对恋人,一个故事,在深秋的萧瑟里曲终人散……林慕雪抬头看看天,艰难地挤出一抹微笑,把我这三千烦恼丝丝丝融进你的无边无际里吧,天空那么大,总有放置的地方。

"怎么这么久才接电话?慕雪,你在哪儿呢?"

"我,我出来办点事。嗯,办点事情。"

"慕雪,你怎么了?不舒服?声音怎么听起来贼怪,刚哭过了?"性格直率的李佳茵在电话那头琢磨着林慕雪的不同寻常。

"佳茵,别瞎猜。"林慕雪整理了一下自己的情绪,"我是轻易会哭的人么?你还不知道我吗?只是嗓子有点不舒服。"

"对呀,我们慕雪大美人儿是不会轻易掉眼泪的,天晴下雨都阳光灿烂,什么事儿到你那都不是事儿!我想多了。"电话那头传来李佳茵爽朗的笑声,林慕雪仿佛看见她咧着大嘴,一脸的没心没肺。

"对了,慕雪,周六我们家明成给我办生日派对,到时候你和逸枫一起过来,你们这对儿金童玉女一定要到场哦!趁这次生日,咱们姐妹也聚聚。"

"好。佳茵,那就这样,我先忙了。"

林慕雪匆忙挂了电话,她怕再说下去李佳茵会察觉到她有失常态,又会刨根问底。离婚对要强的林慕雪来说是件丢人的事情,深思了三年她才痛下决心做出的决定,她不想让任何人知道。她不想让父母担心,朋友忧虑,更不想让别人看她林慕雪的笑话,当初追她的人可以排个长蛇阵了,孤傲清高的林慕雪最终毅然决然地自己谈了一个穷小子……林慕雪心知肚明,她必须为她的年轻气盛承受后果,这个失败的结局将是她一生所要承担的笑话。

冷冷的天空飘起雨

想起了我们过去

过去的我们有多甜蜜

说好会永不分离

……

伤心的雨它落满一地

肆意地伤透回忆

忧伤的旋律依旧在耳边回荡，不知何时，天空竟然飘起了细雨，林慕雪耸耸肩，一阵寒意袭来。一场秋雨，一阵寒！秋雨果真是冰凉！林慕雪抬头望着雨丝从天幕散下，嘟着嘴巴，像个纯纯的孩子，念叨着：秋雨凉？因为她从那么高那么高的九重天上掉落下来，太高了，太高了！

她竟然傻傻地笑了，笑出了冰凉的眼泪。"高处不胜寒"，所以怎会不冷呢？秋雨呀，苦涩。从那么高那么高的天空掉落，又渗入那么深那么冷的地下，怎会不苦？怎会不涩呢？秋雨是泪，是天空的泪水！冰冷彻骨，所以碰触到秋雨的东西，略显萧瑟，淋着秋雨的人定是凉透了心，痛到心扉的……

雨越下越大。林慕雪漫步在雨中，独自一人感受着秋雨的寂寞、孤独，听着自己冷冷的呼吸。她深深叹了口气，叹这红尘离恨重重，易得凋零，更多少无情风雨，秋雨丝丝，好一个寒气凛然的深秋，一片凄凉与萧条，仿佛生命已到尽头，无比绝望。

"今夕何夕，青草离离，明月夜送君千里，等来年秋风起……"电话铃声把林慕雪惊醒了，她从遥远的思绪里疲惫地逃了出来，缓了缓神，拿起听筒对着耳朵。"妈妈，你今天傻了吗？还是表坏了？"电话那头，果果奶声奶气地说，"您也不瞅瞅，都这个点儿了，小朋友们肯定都在排队形了。可我还在家里,您说这么下去,我可怎么做一个优秀的舞蹈家呀?头大!"

哎呀!糟糕了,伤心过头了。林慕雪一看表,天哪,这会儿已经七点了,果果七点半要去拉丁舞班呢!高兴时间过得快,这伤个心吧,难过会儿时间也跑得飞快,人活着真不容易!从中午一点出来都这个时候了,林慕雪再也顾不上秋雨和心伤了,甩甩发丝的雨水,飞奔往家跑,边跑边打电话:"果果,快点把舞蹈服和舞蹈鞋换好,我马上过来接你,我们果果一定要当舞蹈家的!妈妈今天看错时间了,多亏你提醒,下不为例!我马上,马上就到……"

二

这个世界上,最难忘记的就是记忆,痛苦的,难过的,抑或快乐的。这些日子,柳逸枫在林慕雪的心脏里刻下的深深浅浅的记忆,时不时地回放,她的生活突然就迷茫了,凌乱了,整个人也一下憔悴了,苍老了。好在闺密郭巧娜要回来了,这算是这些阴霾缠绕的日子里,最让人欣喜的事情了。

"慕雪,我的大美人儿!"郭巧娜大喜过望,脚下仿佛踩着一朵幸福的云,她温柔地张开双臂,紧紧地把林慕雪拥入怀中,"我多想拥抱你,可惜时光之里,山南水北;可惜你我中间,人来人往。"

"我的大诗人,什么风把你吹回来了?"林慕雪打量着眼前这位时尚俏佳人,"我估计没有大台风是刮不动你的。说说什么情况你这是?"

"原本只想要一个拥抱,不小心多了一个吻!"郭巧娜俏皮地在林慕雪的额头深情一吻,"要不是柳逸枫那小子,我就这么一直宠着你。雪儿,对了,你们家柳逸枫呢?"

"去!"提到柳逸枫,林慕雪的心猛地刺痛了,像是被针狠狠地扎了一下,渗出血珠来隐隐作痛。林慕雪推开郭巧娜,"还是这么个做派,以后你老公是该把你当个小女人呢还是假小子!"

郭巧娜酷酷地甩了一下她那一头金黄的短发,摘下墨镜,神秘兮兮地在林慕雪耳边低语:"大美人儿,我要结婚了!"幸福像花儿一样开遍了郭巧娜的满脸。

"真的?"林慕雪疑惑地看着郭巧娜,"假小子找到如意郎君了?这么多年你浇灭了多少颗炽热的心,怎么突然就宣布结婚了?你不是逗我开心的吧?!"

郭巧娜见林慕雪半信半疑,一只手勾住林慕雪的脖子,娇滴滴地说:"大美人儿!这可是我的人生大事,一下飞机我就直奔你这儿了,第一个告诉你。就咱俩这交情,我能胡扯蛋?"

见郭巧娜眼神里流露出的真诚与执着,林慕雪基本可以确定,这个丫头这次可没开玩笑,她来真的了。

"巧巧,我倒想听听,究竟是何方神圣可以博得我们家巧巧姑娘的芳心,而且还走捷径,迅速到了谈婚论嫁的阶段。这个难度可不一般呀!"林慕雪确实好奇,在这群好姐妹中,郭巧娜的眼界算是最高的,虽然平日里一副假小子的装扮,却依旧生得手如柔荑,肤如凝脂,领如蝤蛴,齿如瓠犀,螓首蛾眉,巧笑倩兮,美目盼兮。郭巧娜不仅是个美人坯子,而且拉丁舞跳得特别棒,唱歌也是手到擒来。近几年这丫头竟然玩起了文艺范儿,时不时写几行诗,在国内不同的刊物上公开发表,令不少人仰慕。记得郭巧娜跟上门的求婚者统统提高了嗓门这么说,"你,不是我的菜,不合我的胃口,肚子再大,我也装不下我不喜欢的人。爱情和婚姻不能将就,不然我一辈子会消化不良的。"

"咦!"林慕雪坏坏地看着郭巧娜,"巧巧,你的那盘菜是什么样儿的?我可真感兴趣了。是牵着白马、驾着马车的英俊王子,还是你写诗

词他谱曲，你们心灵相通，超凡脱俗，不问红尘俗事，快意江湖……"

"大美人儿！别问了。"郭巧娜依旧满脸洋溢着幸福，她淡淡地甩下一句，"他只是我红尘一劫，我要幸福甜蜜地留下一段刻骨的记忆在我生命里，开出惊世骇俗的花儿！"

"巧巧，不是吧，这就算是交代了？"林慕雪云里雾里地摸不着头绪。

"大美人儿！我把故事的始终都告诉你就没有咀嚼的味道了。你不是也写小说吗，哪个作家会在故事的开头留下结局呢？给你留下个悬念，慢慢在时光流逝中品着，也就不至于把我淡忘在你忙碌的生活里。就是偶尔忘记了，至少回想起我的故事，还待续哦！"郭巧娜冲林慕雪做了个鬼脸，然后转身，摆摆手，"记得下周准时准点，参加我的婚礼！"郭巧娜的身影渐行渐远，林慕雪看不到她此时此刻的面部表情，只在脑海里划下一串串问号。

钢琴曲《梦中的婚礼》缓缓响起，阳光帅气的婚礼主持人走上舞台，用特有的童话故事的开场白请出神秘的新郎。

"传说中，王子用深情的吻吻醒了沉睡的公主，而在同时，世界上最美的玫瑰花也开满了他们生命中每一个角落。今天是个特殊的日子，因为今天的我们将一起见证一段美好的爱情，也许在很久很久以后，我们也忘记了具体的时间、地点，但我们永远不会忘记这一对新人的甜蜜誓约，以及幸福永伴……"

"现在，有请我们今天的王子闪亮登场！"

林慕雪和大多数人一样，屏住呼吸，郭巧娜亲自选的准新郎确实神秘到让大多数人想亲眼目睹有何不同寻常。

"新郎来了！"人群里一阵沸腾。

他是个中年男子,身材魁梧,精力旺盛,一双大眼睛闪烁着淳朴的光芒。站在郭巧娜的身旁,他显得平凡而不搭调,人群的宾客里出现了窃窃私语。

"巧巧怎么找了这么老的一个男人,至少比她大十岁!"

"是呀,图什么呀!"

"估计很有钱。这年代嫁给年龄大的不就图有车、有房、有花不完的票子!"

新郎的出现,引起了人群的一阵骚动,就像被搅动的蜂窝一般,嗡嗡不停,说什么的都有,人们随心所欲地猜想着,口无遮拦地议论着。

新郎看着台下的宾客,跳过他们各种怪异的眼神和复杂的面部表情,接过主持人手中的话筒。

"其实婚礼只是一天,婚姻才是一辈子。婚宴有多华丽多隆重并不重要。重要的是婚姻要幸福,而幸福的婚姻要用爱去经营。我愿意用我余下的时光,盛下满满的爱去给巧巧。原来一场简单的婚宴可以很幸福,因为有家人、亲戚、朋友最真诚的祝福。今天我和巧巧希望得到大家的祝福!"新郎说的句句发自肺腑,台下响起了热烈的掌声,议论声渐渐平息了。

"当我牵你衣袖,与你执手,我的生命便尽赋与你,相依,相伴,或生,或死。"

新郎紧紧地把郭巧娜拥入他的怀抱,他们深情地拥吻,欢呼声、鼓掌声,此起彼伏。

钟声响起,所有人熟悉的《婚礼进行曲》,公主挽着王子的手,也挽着她一生的幸福,踏着铺满幸福的花瓣走向婚姻的舞台。

"巧巧,外面有人找你。"婚礼刚结束,一个陌生女人把郭巧娜叫了出去,几分钟后,郭巧娜满脸愤怒地在新郎耳边低语了几句,他面露异色,匆匆上车,迅速消失在人群中。

三

在郭巧娜结婚的第二天,她就莫名地消失了,林慕雪给她打了多个电话都无法接通,所有人都不知道发生了什么事,郭巧娜把一个又一个疑问留给了身边的人。

夜色如浓稠的墨汁,深沉得化不开,林慕雪在郭巧娜离开的日子里失眠了,时常推开窗户,望着夜幕的繁星想起那个笑起来天真烂漫,哭起来像个孩子的俏皮姑娘。林慕雪始终没有想明白,郭巧娜突然结婚,带给大家一个意料之外的新郎,然后人间蒸发。这姑娘到底怎么了?凭着林慕雪和郭巧娜的交情,林慕雪能感觉到曾经那么快乐、不拘世俗的郭巧娜遇到事儿了,而且是人生的大事儿。既然能让她悄悄藏起来不见旁人,那一定是伤了,她需要一个安静的空间独自舔舐她的伤口。林慕雪依旧隔三岔五地拨打郭巧娜的电话,作为朋友,她希望在这个郭巧娜受伤的时刻给她一个紧紧的拥抱,温暖地融化她心里的冰凉,林慕雪只想亲切地看上她一眼,只需要一个眼神,告诉她,没有什么大不了,一切都会过去。

"慕雪,我想见你。"

那是郭巧娜失去音讯三个月后的一个深夜,林慕雪的电话响了。

是郭巧娜！她在电话那头低声哭泣,声音有些嘶哑。

"巧巧,你在哪？"林慕雪的心悬着,"巧巧,别哭,有什么事你告诉我,别哭,你哭得我的心都碎了。"

"没事,大美人儿,我只是想听听你的声音。"郭巧娜笑着,哭着,电话里渐渐没了声音。

"巧巧! 巧巧,你在哪? 我去找你。说话,巧巧……"林慕雪焦急得没了睡意,时钟定格在深夜三点,漆黑的夜静得有些可怕。

再打过去电话已关机,林慕雪突然觉得很无助,很难过。她的心被郭巧娜牵着,一惊,一痛。

巧巧,要坚强,无论遇到什么,你都要好好的,一定要好好的。林慕雪在心里祈祷,牵挂着郭巧娜。

林慕雪清晰地记得两年前那个夜晚,天空飘着雪花,在那个寒冷的深夜,她的心掉了,掉到了一个深深的旋涡里,不停地旋转着,却没有方向,她的心呼喊着,想去抓住什么,可身边连一根稻草也没有。她像冰雕一样,麻木地站立在空荡的街头。

"好静的夜,好冷的心,此时的我也需要依靠,或许,是需要某个人的依靠,回想起我们昨天的笑,昨天的哭,昨天的酸甜苦辣,昨天未嫁作人妇的快乐……"郭巧娜是在看到林慕雪的这条微信说说以及下面配的自拍图片后找到她的。那天,郭巧娜只穿了件毛衣,没来得及披上外套,看得出来,她当时的担心和心疼,是一路狂奔找到林慕雪的。见到郭巧娜的那一刻,林慕雪的心化了,她所有的冰冷都融化在了郭巧娜温暖的怀抱里。

记得那天,郭巧娜像个长辈一样温暖地抱着林慕雪,小心地说:"想说什么就说给我听吧，我的大美人儿，我知道你不轻言诉说痛苦，关于你的内心苦涩。没什么，你看夜这么静，只能听见你我的心跳和呼吸，这么文气的你一定可以把忧伤的故事谱成快乐的曲子，给这静谧的夜奏点乐声。如果，你不想说，就不要勉强自己，想哭就哭吧，我在这里，你可以靠着我的肩膀，可以把鼻涕、泪水涂满我的脸上，我都不计较。慕雪，记着，我们永远都是好姐妹，我们之间没有间隙，可以透明地活给彼此。"

那天是林慕雪第一次和柳逸枫大打出手，当她的一记耳光响亮地落在柳逸枫的脸上时，柳逸枫暴怒了，林慕雪的心也碎了，她第一次在深夜两点钟摔门而出。是郭巧娜在寒冷的雪夜里给了她一个温暖的怀抱，一份人间真情。

"巧巧，我可能错了，当初执着的选择可能终究成为我一生的内伤。"林慕雪断断续续地讲了一些她和柳逸枫的片段。记得当时郭巧娜是愤怒的。"真混蛋，一朵鲜花插牛粪上了。他柳逸枫除了爹妈生了个俊俏模样还有什么呀！慕雪，他小子要是再这么不知道珍惜你，小心我上门抽他大耳刮子。"

从郭巧娜的脸上和眼里那一团烧起的火焰，林慕雪绝对相信如果柳逸枫在，郭巧娜一定会动手抽他，因为郭巧娜真的心疼林慕雪受委屈。

"慕雪，记着，你高兴的时候可以找我，难过的时候可以找我，只要你需要，我都会第一时间来到你身边。"郭巧娜说得那么真诚，那么认真，在以后的日子里她确实做到了。

巧巧，你在哪呢？我知道你现在一定很不好，可是我除了担心什么

也做不了，林慕雪一脸的迷茫与担心。

"我想喝酒。"

"好！我陪你醉。"

还是那个飘雪的深夜，郭巧娜搓着林慕雪的手，疯狂地敲打着酒吧的门，睡得半醒的店老板像看到怪物一样看着她们，"这么晚你们是疯了吗？"

"疯什么疯！我给你三倍的价钱，我们家大美人儿要喝酒，把酒供上，就没你什么事儿了。"郭巧娜不由分说，把一把红色的票子塞进店老板的手里，做了个鬼脸，"人生难得疯一回，你就成全我们这点儿小任性吧。"

店老板竟被郭巧娜这假小子逗乐了，最终也没收下三倍的价钱，按日常收费还加送了一个小菜。

郭巧娜和林慕雪本是不会喝酒的女人，小抿几口，两人便有了醉意。

"你还行吗？"郭巧娜看着林慕雪醉了，往常那双灵动的眼睛此时也迷离缥缈，似一潭深不可见的泉水，让人看不透，白皙的脸颊微微染上红晕，原本整整齐齐的发丝也零零散散地飘落，退去原来一尘不染的气质。

"巧巧，我终究要为我的执着留一个笑话！一个大笑话。我和柳逸枫就是个笑话！"林慕雪的眼睛湿润了，有珍珠滚落下来。

"笑话？谁他娘的没有笑话！人一辈子那么漫长，不留下一两个笑话还不枯燥死！只是慕雪，你听着，女人再傻，再善良也不能在爱情和婚姻里重复同一个笑话，你懂吗？"郭巧娜认真起来说话一句一个理，林慕雪苦涩地笑了笑，一个仰头，一大杯酒下肚，她便沉沉地睡去了。再醒来的时候已是第二天的早晨，郭巧娜四仰八叉地横在沙发上，酒吧的老板在门口怪异地笑着。林慕雪叫醒酒气未散的郭巧娜匆匆逃离了酒吧。

"大美人儿，明天你来找我好吗？我真的想你了。"又是深夜，林慕雪的电话响了起来，电话那头郭巧娜的声音忧伤而迷离。

"巧巧，你在哪？我现在就去找你。"

"慕雪，不用急，我没事，你明天过来，现在太晚了。"

"好，好，巧巧，别关机，保持电话畅通，明天早上我过去找你。你快告诉我你在哪。"

"我在市医院，二楼，301。"郭巧娜的声音有气无力，说完电话就断了。

市医院，郭巧娜？林慕雪百思不得其解，一团疑云团团把她包裹了起来。

四

　　林慕雪穿过长长的走廊，推开 301 的病房门，刺鼻的消毒水味，伴随而来的是一股阴冷的风，白色的床单，白色的天花板，一个单调的白色寂寞着忧伤。

　　郭巧娜坐在病床上，望着窗外发呆，几缕略长的发丝垂下与苍白的脸形成对比。宽大的病服，毫无血色的唇，依旧眉目如画，还是那个俏皮美貌的郭巧娜，只是此时，她被笼罩在阴霾下，遗世而独立，仿佛时间静止。无尽的伤痛填满了她的心，一时缓不过神，透不过气来。她就那样静静地，呆呆地沉浸在故事里，艰难地挣扎着。

　　林慕雪看到眼前的郭巧娜，酝酿了很久，安慰的话一个字也说不出来，她的心砰地碎了一地，真真切切地疼到了心脏里，她轻轻地把郭巧娜的头拥进自己的怀抱里，紧紧拥着她，此刻她全身的温度是给郭巧娜最好的语言。

　　隔了半晌，林慕雪用手托起郭巧娜的下巴，小心地说："假小子，心情不好时要经常问自己，你现在拥有什么而不是没有什么。如果你还是觉得不爽，你就抬眼望窗外。你看，世界那么大，风景那么美，走出去晒晒吧姑娘。阳光是免费的，不要蜷缩在一小块阴影里。我始终都相信,你比我勇敢,比我坚强,在你的世界里阳光比风雨多,笑声比哭声美! 一定会回到原样——我所不能忘记的没心没肺、无忧无虑的郭巧娜!"

"巧巧,我们出去晒晒太阳吧,看,今天的太阳特别温暖。"

"巧巧,我陪你去理个发吧! 看,那么漂亮的发型一点也不酷了,得收拾收拾了。"林慕雪用纤细的手指梳理着郭巧娜凌乱的头发。

"巧巧,我知道你现在什么也不想说,我什么也不问,你想一吐为快的时候,我永远是你的倾听者,我一直都会在你身边,只要你需要姐妹陪伴的时候吱个声。你现在这个样子我很不习惯,我无助而忧伤,我的心和你一样痛,我不知道该怎么做,能做点什么是你所需要的。你知道的,巧巧,我口拙,心直,不会出口成章。现在我不知道用什么语言或者行为可以把你从深深的忧伤里拉回来,我真的无助……"林慕雪的声音有些颤抖,长长的睫毛上升腾起潮湿的迷雾。

"大美人儿,我想喝酒。"

郭巧娜还是心疼林慕雪的难过,她曾经说过,林慕雪是个哭起来可以让她伤心到死的姐妹,她简单而真诚,单纯而执着,和林慕雪在一起她可以逃离世俗,感受最简单、最真实的温暖,能感触别样的安全感和可靠的舒适,她特别珍惜和林慕雪的友情。

"好,我陪你醉。"林慕雪喜出望外,郭巧娜终于开口了,喜悦的神情顷刻爬满了脸庞,挡住了心里的忧伤。"巧巧,咱换个衣服,出去喝酒去。"

"好。"郭巧娜乖巧地点点头,嘴角上扬,勉强挤出一个微笑。

"大美人儿,我们晚上出去吧,这会儿我想闭上眼睛听听你的心

跳。"郭巧娜那俏皮的话不再喜庆,满满的忧伤从她的心里爬上来,透过每一个字眼,碰触着林慕雪的心。

"好,你安静地睡吧,我就在你的旁边,你可以静静地听我心跳的声音。"林慕雪给郭巧娜盖上被子,安静地坐在她床边。

夜色,渐渐地布满天空,无数的星挣破夜幕探出头来,夜的潮气在空气中慢慢地浸润,扩散出一种感伤的氛围。仰望天空,今夜的星空格外澄净,悠远的星闪耀着,像细碎的泪花……

街上已是万家灯火,林慕雪紧紧拉着郭巧娜的手,向远处闪着七彩灯光的酒吧走去。

这间酒吧坐落在城市的中心位置,灯光虽耀眼,却没有那般喧闹;音乐虽然劲爆,却是如瀑布一般让人畅爽;红酒虽妖媚,却是那般的诱人。温和的服务生、帅气的调酒师成了这里最美的点缀。走进酒吧里,林慕雪遇见了一些在闪烁的灯光、迷离的音乐里狂乱地舞动的人,一些悠然地坐在吧台前看调酒师玩弄酒瓶的人,一些聒噪的落寞的兴奋的低沉的强势的无助的人。那酒瓶在左手与右手间乖顺地游动着,上下弹跳,驯顺而矫情。

林慕雪的眼睛被灯光闪得有些难受,心中有隐隐的烦躁,林慕雪是安静的,她喜欢静静地看风景,听一曲高山流水的古筝曲,看一本充满人生哲理的书籍。开心了她就笑,难过了就默默地不言语,看看天,晒晒太阳,安静地,安静地活在她的宁静里。她不喜欢舞厅、酒吧的嘈杂,可是今天她毫无顾忌地进了酒吧,因为郭巧娜喜欢这种地方,这是假小子郭巧娜减压的地方,林慕雪陪着郭巧娜在一个相对安静的角落里坐了下来。

"慕雪,谢谢你,cheers。"郭巧娜举起酒杯,透明酒杯里的红色液体迅速流进了她的胃里,"今朝有酒今朝醉,大美人儿,来,再碰一个。"

"巧巧,你慢点喝。"

郭巧娜喝得太急了,一口酒喝下去,她咳嗽了好一会儿,眼泪直打转。

"巧巧,缓缓再喝。"林慕雪看到郭巧娜的样子,心一阵一阵痛开了,她透过眼泪看到了郭巧娜难懂的心事。

"大美人儿,你知道我这三年怎么过来的吗?"郭巧娜的脸上是无尽的忧伤,深沉得让人窒息。

"巧巧,没有什么大不了,一切都是宿命,该来的躲也躲不掉,该走的留也留不住,疼到尽头的时候,用力抱抱自己,这天地间你是最真实的存在。你自己的心弄伤了它会痛,怎样的痛自己是最清楚,你不想讲出来我便不问,我怕一不小心就触碰了你的伤口,揭开还未愈合的疤,我怕会看到渗出的血,怕看到你痛苦的神情。什么时候你想说了,我便认真地听。"林慕雪的脸上是平静的,看不到她心里的喜或忧。

"大美人儿,你知道吗?我可能……可能犯了一个错误,这个错误我将用余生去消化掉。"郭巧娜吞下一大口酒。

"巧巧,一切都是命中注定,已经走过的路就不要后悔、自责,一切都会淡忘在时间的过往里。"

"大美人儿,我给你讲个故事吧。"郭巧娜眼神迷离,闪烁着夜色般迷茫的忧伤。

"好,我听着呢,巧巧。"林慕雪终于松了口气。郭巧娜是个直性子的人,只要她把心里的话说出来,很快她就又活蹦乱跳了。

"大美人儿,你知道吗? 三年前我在杭州出了车祸,差点儿就再也见不到你了……"

林慕雪的脸上满是惊讶,她难以想象当时的场面郭巧娜是如何挣扎在死亡线上。

"那天下着很大的雨,我一个月辞了两份工作,换了四个地方,心情特郁闷,在那个陌生的城市里,我连呼吸都是寂寞的,连哭都不敢大声,因为没有人为我擦眼泪。"

郭巧娜双手紧握着酒杯,"我忘记了自己在大雨里流浪了多久,一个人淋着雨走了几条街,只记得在那个分岔路口,一道耀眼的汽车灯光,我便失去了知觉。"

五

"当我醒来的时候,我静静地躺在医院的病房里,床边有一个中年男子,俊朗而稳重,他可能好几天没有合眼了,已经疲惫地睡着了。床边的桌子上摆放着刚削好的苹果和梨,水晶的花瓶里插着百合与康乃馨,散发着阵阵清香……"

郭巧娜的脸上渐渐显露出幸福的影子,"他醒来的第一句话竟然是'感谢这场车祸,感谢上天让我遇见你'。当时我听到这么奇葩的开场白真的很想抽他一个大耳刮子,可是我全身都不能动,双腿骨折,最主要是被他那种柔情似水的眼神热情地融化了,他说得那么动情,那么认真,他倔强地说:'既然上天在这个时间安排了我们见面,我一定好好珍惜你,不管余下的时光多漫长或多匆忙,我都会好好照顾你的。'他的手轻轻地把我的手放在他的掌心,感觉温度有三十九度五,我的心跳加速,有电流闪过……"

"他那么霸道那么执着,我在医院里一住就是两个月,他每天除了工作,必须参加的会议,都会陪在我的身边。他成熟而细心,我的每一个要求他都会当成命令第一时间完成。他幽默地给我讲笑话,像个孩子一样笑得前俯后仰,他是我喜欢的高大、英俊型的大叔,一米八五的

身高配着一米六七的我还挺搭调,他伸手刚好环住我的腰,就连接吻的姿势都那么灵巧和恰到好处,有他在的每一刻我都感觉到生活的美妙、幸福和阳光。他给了我真实的存在感,每一天,再早他都会向我问好,再晚都会道晚安,那段时光我的生命花开一地,芬芳灿烂……"

"他就是站在结婚舞台上的新郎?"

"慕雪,他叫柳兵,是我同意和他结婚的。"

柳兵?林慕雪的心中莫名地涌起一阵悲伤,她知道幸福的故事往往有个美好的开局,然后吸引着人们去品着一路的悲喜忧伤,结局无论多么的悲情,都在必然地发生着。

"巧巧,有过美好的记忆就不算是最差的。"

"大美人儿,我就喜欢你永远都把什么往最好的想,你总是设法把人从无限的悲伤里拉出来。"

"巧巧,生活除了眼泪,还有微笑。你要记得,无论你多么痛,都要记得哭过之后再学会微笑,因为,那是你最初的、最美的模样。"林慕雪是一本书,一本淡如水、浓如茶的书,每次有她在,郭巧娜都会愉悦地笑。

"大美人儿,你不做哲学家,可惜了。"郭巧娜的嘴角出现了上扬的弧度,美丽而迷人。

"看看,笑起来多好看,我要是个男人一定把你领回家。"

"大美人儿,可惜你是女儿身,这辈子别想了。"

郭巧娜把酒杯端在手里,晃了晃,一口吞了下去:"大美人儿,你知道吗?现在,我恨他!"郭巧娜说得咬牙切齿,眼里漏出森寒、苍凉的光。

"巧巧,如果可以选择的话,不要用恨来结束一段爱。"

"大美人儿，你知道吗，柳兵，他把我宠得像个孩子一样开心，快乐，不知道世间还有痛苦两个字。在我饿的时候有他备好的美食，都是我胃里喜欢的味道。有的是他亲自给我做的，有的是他跑很远路为我买的。我的衣服他洗得干净，叠得整齐。每次出差他都会带给我惊喜，他就是我肚里的蛔虫，知道我想要什么。我情绪低落的时候，他宠着我，无论我多么任性，发多大的脾气，他都会宽容我，用各种办法让我破涕为笑。他像我生命里不可或缺的阳光，那么温暖，那么灿烂，我像个孩子一样幸福地、慵懒地享受着那一段我以为很漫长的时光……"

林慕雪望着郭巧娜脸上洋溢的幸福，她的心被猛扎了一下，无尽的忧伤涌上心头，她突然开始明白，眼前这个大大咧咧的假小子为何会选择一个大叔作为新郎。在林慕雪的记忆里，她从来没有见过郭巧娜的父亲，郭巧娜不愿提起，她也从来没有正面问过，只从旁人的嘴里零零碎碎地听到一些片段。郭巧娜原本有一个幸福的家，母亲生了她和一个妹妹，父亲开了一家公司，运营顺利，一家人的日子过得富裕而开心。在郭巧娜十三岁的时候母亲患了严重的子宫肌瘤，切除了子宫，父亲和母亲的关系从那个时候开始日渐紧张了。日子里没有了往日的恩爱，更多的是硝烟弥漫。终于在两年后的深秋，黄叶飘落的日子，她的父亲离家出走了，再也没有回来，有人说，他是和小三去了美国定居，他们生了一个儿子。郭巧娜的母亲是个要强的女人，她听着议论不争、不怒、平静地过日子，自己经营着她男人留下的公司，把两个孩子拉扯长大，再也没有另嫁他人。

记得刚上初中的时候，郭巧娜在父亲离家出走的那段时光里性格孤僻而怪异，凡是学校有亲子活动她都是请假的，自从她学了拉丁舞，

经常在大小舞台上表演,性格才日渐开朗起来,但在她的内心深处,有一块缺失的空白,那是她父亲遗留给她的伤。

"大美人儿,想什么呢?那么出神?"

"哦,没呢!"林慕雪的思绪被郭巧娜打断了。

"巧巧,柳兵比你大十来岁吧?"

"嗯,比我大十四岁,他四十三,我二十九。"

林慕雪沉默了,有一种伤叫失而复得,如果郭巧娜的父亲在,比柳兵年长不了几岁,两人在一起是分不出来年长的。

"怎么,大美人儿,你也觉得我眼瞎吗?"郭巧娜的眼神像江南的烟雨,满是凄迷的忧伤。

"没有,巧巧。你不知道?作为最好的姐妹,我只希望你幸福、快乐。我永远支持你的选择。没有人天生下来就是圣人,走哪条路,划下什么样的轨迹都精确无误。"

"大美人儿,我就知道,只有你才懂得我内心和来时的路,每一步都走得那么艰辛。"

"谁叫我们是姐妹呢,都这么多年了,我还不了解你?"

"大美人儿,谢谢你。"郭巧娜一头扎进林慕雪的怀里,像只受伤的兔子,蜷缩着。良久,郭巧娜说,"大美人儿,你知道吗?我写诗,他便学习诗,他说如果有来生,他只想做一棵树,静静地看着我的风尘仆仆。春来,我可以站在他的身旁避风;夏到,我可以停在他的身旁避暑;秋临,我可以在他的身旁静观落叶美景;冬来,我可以依着他踏雪寻梅。他说因为他是一棵树,只是一棵树,便不会为我再有片刻的驿动。"

"巧巧,其实你能找到柳兵这样一个人我真的替你高兴,因为他给你的都是你所需要的，而且他能做得恰到好处，有这么一个成熟稳重的人在你身边，真的不容易，你能找到，我真的打心里替你高兴。"

"可是慕雪，你知道吗，最好的东西总是让人分秒必争地去守护，最好的剧情总是在花开灿烂时谢幕。"郭巧娜陷入了无法自拔的悲伤里，那哀怨的神情像海浪，一层一层将她眼里幸福的迷彩埋没在了无尽的深海里。

"大美人儿，你知道吗，爱情就像是一场赌局，赢了，厮守一生，输了，全盘皆输，那比朋友更近的人，就是熟悉的陌生人。你永远都不晓得自己是有多么地去喜欢一个人，除非你看见他和别的人在一起。所有真正的爱情都是卑微的，当你敲开心扉的时候，就已经心甘情愿地投降。这本就不是一场势均力敌的较量。"

"巧巧……"

郭巧娜望着窗外无尽的黑夜，声音哽咽了："我在柳兵的呵护下幸福地过了两年多，我像个孩子一样，有了他一切都是幸福的，靠在他宽阔的肩膀上，我不知何时风起，不知外面的风雨秋冬，只是沐浴着阳光。柳兵说，他也是这世间孤单单的一个人，他的前妻因为他工作常年在外，有了外遇和他离婚了，这么多年，风里雨里都是一个人，两个磁场相吸的孤单人走在一起是上天最好的安排。"柳兵说他等待了那么久，过了那么漫长的日子，就是为了等待郭巧娜的出现，带给他对爱情新的希望和温存。

"大美人儿，你知道吗？那个中午……那个中午阳光格外温暖，虽然树叶黄了，可我分明看到叶子紧紧依偎着树，那种依恋、温暖，我想用在爱情上，是几生几世的恩怨情长。那天中午……我坐在阳台的摇椅上，阳

光洒下的金辉将我今生最幸福的画面一点一点烙印在脑海里……有人在电话里让我下楼，说有急事，我当时是一路小跑下去的，在电梯门口，两个人扶着一个大箱子，他们催促着我快点拆开，说是贵重的东西，长久不见空气会坏死掉，我懵懵懂懂地打开了箱子……"

林慕雪看见无数朵花儿在郭巧娜的脸上盛开，她笑了："我打开箱子，里面伸出一双手，捧着一束盛开的玫瑰，柳兵像个娇羞的少年。他当时那么深情地说，'一直以来，我非常喜欢你这身衣服，它是那么的美丽、可人、娇艳，并且它的品质是那样的优良、贤惠、善良，拥有它一定会让人感到幸福。你是它的主人，我今天想说的是，能把衣服当作嫁衣送给我吗？顺便你也来吧。房子买了，车子买了，票子有了，还缺什么呢？想来想去，这漂亮的房子，就缺个女主人了。不知何时这间空旷的房子，才会有个配得上它的女主人呢？亲爱的，我等了你这么久，你愿意牵着我的手住进来么？'柳兵当时说得那么诚恳，那么动情，我被他融化了，一头扎进他的怀里，那么温暖的怀抱，那满满的幸福我连做梦都是笑醒的。"

"巧巧，那不是挺好的呀，你们在一起一定很幸福。"

"幸福？"郭巧娜苦笑了一下，"后来你知道的，我们一起筹备结婚的一切，然后如期举行婚礼。可是就在婚礼刚刚结束时，有一个女人找到了现场，柳兵那个混蛋他骗了我，他还有一个二婚的妻子，和一个儿子。当时听到这个消息的时候，我的头炸开了，我仿佛听到全世界崩溃的声音。"

六

　　郭巧娜这些日子总是沉默不语,天空没有翅膀的痕迹,但鸟儿已经飞过。心里没有被刀子割过,但疼却那么清晰。这些胸口里最柔软的地方,被爱人伤害过的伤口,远比那些所说的肢体伤害来得犀利,而且只有时间才能治愈。林慕雪知道,现在只有时间和亲人朋友的陪伴才可以让郭巧娜慢慢地复苏过来。林慕雪是支持郭巧娜的选择的,无论柳兵多么爱郭巧娜,他隐瞒她,和她结婚就是一种无情的伤害,柳兵是自私的,即使他和现在的妻子没有任何感情,只因为有个孩子,为了尽一份责任,他也是自私的,他同时伤害了两个女人,这么自私的爱是配不上郭巧娜的,她是个好姑娘。

　　郭巧娜对待这段不完美的爱情是决然的、果断的,更多的是因为善良,她不想做第三者,即使在无知中已经踏了进去,她就要止步了。她一直那么孤傲,受不起旁人的指指点点,在她内心深处,她是惭愧的,她悔恨自己的单纯和处世未深,让另一个女人无端受到了伤害,她对柳兵又爱又恨,对他的妻子是同情和愧疚。这种情感让她失眠,头痛,她病了,病得很重,她孤身一人离开了柳兵的那座城市,换了电话号码,一个人住进了医院,在有林慕雪陪伴的日子里,郭巧娜的情

绪平稳了很多,她打掉了柳兵的孩子,安静地调理自己的身体,慢慢舔舐自己的伤口。

"慕雪,你快来!快来屈莹的家里,她被卢浩打了。"电话里李佳茵扯着嗓子焦急地喊。林慕雪当时正陪郭巧娜在商场里挑选衣服。

"怎么啦?"郭巧娜听到了李佳茵的声音。

"哦,佳茵说卢浩把屈莹打了,让我过去。"

"啊?这个混蛋!走,咱们去看看,敢打屈莹我劈了他小子,不知道他老婆肚子里怀着他的种?!"郭巧娜这打抱不平的劲儿一上来可止不住,这假小子可算是姐妹中最讲义气的。

郭巧娜和林慕雪到场的时候,卢浩正在收拾战场,破碎的玻璃片凌乱地散落在地板的各个角落,沙发、凳子,横七竖八地斜着,地板上有破碎的杯子、花瓶、遥控板……屈莹坐在卧室的床上哭泣,李佳茵不停地往她手里塞纸巾。

"卢浩,你脑子是被驴踢了还是进水了?犯什么混?你不知道屈莹她现在是国宝级别的保护动物!不使劲儿疼着还和她吵架?你找抽呢不是?"郭巧娜见屈莹哭得一把鼻涕一把泪,火呼啦一下就上来了,一把拽住卢浩的胳膊,"你小子跟我说,你是不是动手了?说!"

"没,没呢。哪能啊?我一个爷们儿怎么能那么混蛋呢?"卢浩的眼睛避开郭巧娜满是怒火的眼神。

"李佳茵,你出来!"郭巧娜一用力,卢浩差点儿摔倒。

"你说,他动手没?"郭巧娜指着卢浩问李佳茵。

"他俩刚吵得可凶了,卢浩推了屈莹,把我吓坏了。我怕出什么事情,屈莹肚子里的孩子都七个月了,这么闹腾可危险了。我一着急就给你们打电话了。"李佳茵见郭巧娜的驴脾气上来了，不敢添油加醋，把事情轻描淡写地简单说了一遍。

"呵，你还推她！"郭巧娜的怒火呼啦一下蹿到了头顶，"你给我起来！"郭巧娜像个爷们儿一样，不知道突然间哪来的力气，一把抓住卢浩的衣领，把他硬生生拽到了卧室，"你他娘睁眼看看，她是个孕妇呢！你不想想她的辛苦还推她！还吵架！来，你再推一下试试！我们几个女人给你当观众，看看你用多帅气的姿势把她推倒！今天你不推，我抽你两个大嘴巴子！"

"巧巧，好了，消消气。"林慕雪把愤怒中的郭巧娜拉到床边坐下来，向卢浩使了个眼色，"这么多客人也不去给我们买点水果什么的。"

"好。我这就去，你们先聊着。"卢浩见林慕雪给了个台阶下，立马溜了出去。

"好了巧巧，别生气了。咱得照顾着屈莹的肚子，回头咱再找卢浩理论去。"林慕雪拍拍郭巧娜的肩，递给她一杯热水。

"莹莹，你这身体还好着吗？"林慕雪担心地问，"现在你这可是关键时期，不能由着你的性子来，有什么事暂缓一缓，等平安地把孩子生下来再说。调了那么久的身体，好不容易才怀上这孩子，多不容易。想想你喝的那些黑色黏稠气味浓烈的中药，有多苦，多难以下咽。咱们女人生个孩子多辛苦，自己得心疼自己不是。"

"慕雪，我不想要这孩子。生下来怕和我一起遭罪……"

"什么？屈莹，你小孩儿过家家呢？"郭巧娜先着急了，噌一下从床边站起来，"你说，是什么天大的事儿，你俩要灭了这孩子！"

林慕雪怕屈莹再说打掉孩子的话题会揭开郭巧娜的旧伤疤，她刚刚经历的痛苦重现,内心必定会再次受伤,可一时半会儿她又不知道该如何引开话题。

"莹莹,你也别这么任性,孩子是无辜的。千错万错是卢浩的错。咱不能惩罚自己呀。这不,慕雪和郭巧娜都来了,咱队伍壮大,替你教训那小子去。"李佳茵巧妙地岔开了话题,林慕雪趁机说:"对!莹莹,我们都在这儿呢,有什么事儿姐妹替你担着。"

"屈莹,我和慕雪可是一路小跑着来的。我们大包小包的东西还落在商场呢,咱这群姐妹儿谁有事儿都是自家的事儿!我们都会尽力去分担。有什么事儿你就一股脑全倒出来,别藏着掖着,咱们之间是没有什么不能说的。"郭巧娜像个姐姐一样,一边替屈莹擦眼泪,一边说,"别哭,说说什么事儿!至于这样吵啊!别光哭,眼泪是最不值钱的!"

"我,我这么些年,你们说我容易吗?我……"屈莹还没开口,已经哭成了泪人儿。

林慕雪和郭巧娜比谁都明白屈莹这些年过得多艰辛。从小屈莹的家庭重担就落在她的肩上,家中兄弟姐妹四个,她是老大,两个妹妹一个兄弟,初中没上完她就辍学了,出远门打工,省吃俭用挣的辛苦钱都分文不少地寄给父母维持生计了。直到她妹妹有了工作,弟弟考上大学,家里勉强能生活好些。屈莹是个能吃苦的好女孩子,酒店服务员、酒水推销、KTV 前台……从十几岁开始,她就干过不少辛苦的职业,流着辛勤的汗水,用自己的双手一点一点挣着微薄的工资维持家用,最紧张的时候,她一人干两份工作,昼夜忙个不停。也就这两年,朋友们帮衬,自己开了个服装店,才过得自由清闲些。

本来大家都盼着屈莹能嫁个好人家,享享清福。这姑娘长得俊,除

了学历低了点和家庭背景不厚实，其他都优秀着呢。缘分这东西来了，谁也挡不住，上天好像早已排好了，什么时间、什么地点遇见谁，谁和谁注定擦肩而过，谁又和谁结婚生子、携手一生，仿佛早已注定。无论你等多久，如何挣扎，该来的总会来，不来的等不到。再强烈的期待，未必如愿。卢浩在屈莹二十五岁的生日宴会上和大家见面了，小伙子长得浓眉大眼，和屈莹也算是郎才女貌，般配着。那小子一见屈莹就被她迷得魂不守舍，展开了疯狂的进攻。两人谈了一年多就开始谈婚论嫁了。

林慕雪记得结婚前一周，卢浩的妈妈死活不同意这门婚事，她打心眼里瞧不上屈莹的家庭背景，骨子里总觉得门不当户不对，日后她儿子会受苦。那些天，她不停地托人给卢浩介绍新的女朋友，都是有钱有权人家里的女儿，她天天给卢浩洗脑——婚姻可是一辈子的大事儿，自古以来都必须讲究门当户对，靠着大树好乘凉。

"这辈子除了屈莹，别的女人她就是家里有印钞机，有皇亲国戚，我都不正眼儿瞧她一眼。谁要是再阻挠，试图拆散我们，我就不认他当亲爹亲娘！"卢浩斩钉截铁，果断，决然。他妈妈终于投降了。

看着屈莹走向自己的幸福婚姻，郭巧娜、李佳茵、林慕雪都替她高兴。卢浩是政府的公务员，家庭条件也算不错，以后卢浩努力升个领导还是大有希望的，屈莹慢慢会苦尽甘来，大家都期待着。结婚两三年，屈莹一直怀不上孩子，两人去过大大小小的医院，也花了不少钱，屈莹硬是咬着牙咽下那一碗一碗刺鼻的黑色药液。屈莹心里明白，如果她生不出一儿半女来，卢浩的妈妈一定会把她扫地出门。好在皇天不负有心人，屈莹终于怀上了孩子，再熬上几个月，孩子就出生了。可就在这个节骨眼儿上，两人又吵又闹，惊天动地的，确实让旁人想不明白。

　　"莹莹,别哭。你给我们说说。我们替你拿拿主意也是好的。你光哭我们看着干着急也没辙。"林慕雪把屈莹脸上的泪水擦拭干净,拍着她的肩膀,暖暖地、关切地看着她。

　　"慕雪,你知道吗……卢浩,卢浩他外面有女人了!"

　　"啊!"屈莹这一开口,所有人都惊住了。

七

"他娘的,雄性动物,原形毕露,上欺老,下欺小,中欺结发妻,来世必做看门狗。"郭巧娜第一个愤怒了,"慕雪,走!咱找那混蛋去,非揍扁那小子不可!"

"巧巧,别那么冲动,了解清楚事情的原委再说。"林慕雪一把拉住要冲出门去的郭巧娜。

"莹莹,你们两个的感情不是很好吗?怎么会发生这种事情呢?是不是有什么误会?卢浩应该不是那种人吧,我觉得。"

"慕雪,你胳膊肘往外转!怎么替那混蛋说话!"郭巧娜又急了。

"巧巧,莹莹。我不是替卢浩说好话,我只是觉得咱们都是成年人了,做什么事情得弄清楚前因后果,不能冲动,别在愤怒的时候做决断,不然万一判断失误,到头来,伤人又伤己。"

"嗯。我赞同慕雪的观点。"李佳茵说,"我们得弄明白那女人是谁,他们在一起多久了,到什么程度了。"

"莹莹,你是亲眼看到卢浩和别的女人在一起么?"林慕雪认真地问屈莹。

"不是。"屈莹想了想说,"我听别人说,卢浩他和别的女人有染,不明不白的。"

"莹莹,我们得相信有证据的事实。有的事情即使你亲眼所见还未必是真实的呢!你先别难过,事情也许没你想象的那么糟糕,别自己吓自己。"

"可是,慕雪,卢浩他最近太反常了。"屈莹的眉头紧锁,"他常常半夜才回来,而且回来和我分床睡。那么大的床他不睡偏偏睡大厅的沙发。你说单位聚餐、同学聚会也不至于天天都有吧?怎么比中央领导应酬都多呢!我半夜肚子饿给他发短信半天都不回复,我打电话又怕打扰他,卢浩说有领导在的聚餐频繁接打电话多有不便。我有事电话不能打,信息不能及时回复,有的事情他不在,我现在的身子干不了。就为这事儿我们俩三天两头地吵,刚开始他还解释,后来他嫌我烦解释都省了。说他没做对不起我的事情,我爱咋想咋想,再到后来,吵得厉害了,大半夜他就摔门出去了……"

林慕雪和郭巧娜听着觉得事情没有想象的那么简单,真是家家有本难念的经。大家一直觉得夫妻和睦的屈莹和卢浩也过得不是一帆风顺,看来这谈恋爱和结婚过日子还真是两码事!

"屈莹,你可知道那烂货是谁?"郭巧娜无法平静了。

"巧巧,其实我也没见到本人。"屈莹说,"那天我们吵完架,半夜一点多他就生气走了,那么冷的天,他只穿了件衬衣,第二天一大早,我怕他冻感冒了,就给他送大衣到单位。刚进电梯口,就听到他们单位的人鬼鬼祟祟地议论,大家眼神儿怪怪地看着我,我当时听到一个男的说,还是原配长得漂亮,耐看。"

"我还不信,你屈莹离了他卢浩还不能活得更好了。"郭巧娜额头的青筋暴起，她三下两下拨通了卢浩的电话，"卢浩，你以为自己是太阳呀，别人都得围着你转！你要知道宇宙之中也就一个地球，可能还让你的气焰烤爆了。我现在给你两个选择，要么你立马回来，把事情原原本本说清楚，看还有原谅你的余地没有；要么我们立马带着屈莹离开，明天你俩就去民政局把手续办了。二选一，我们给你六十秒考虑的时间。"

"不，郭巧娜，我马上回来。水果已经买好了，我马上就回来……"

卢浩还没说完，郭巧娜已经挂了电话，听得出来，卢浩这回急了。

"慕雪，我知道，你们姐妹当中就你最明白事理，以你的聪慧，我想你肯定已经猜到了我和屈莹之间有事。但是现在，有的事我有口难言，莹莹现在怀有身孕，我再怎么不是东西也不能不顾及她的身体和肚子里的孩子。有的事情我实在不能当着她的面儿说，你能不能出来一下，我们单独聊聊。我把事情的真相原原本本地告诉你，是打是骂，你们随意。但是，只一点，目前有的事情不能让屈莹知道，她本来就小气，我怕她的身子吃不消。"卢浩悄悄地给林慕雪发了一长条短信，字里行间满是诚恳。

林慕雪看完卢浩的短信，依往日里的相处来说，卢浩不是花花公子型的，还算老实、正直。一直对屈莹还算有心，可现在她想破脑袋也想不出卢浩和屈莹之间究竟发生了什么事情，卢浩的难言之隐究竟是什么？不过，卢浩短信里说的有一点是正确的，屈莹自小就小气，现在的状态是不能受一点刺激，孩子和身体是首要的。从这一点出发，林慕雪觉得，卢浩是对的，是应该避开屈莹和卢浩好好谈谈，弄明白事情的始末再做决断！

　　"巧巧，莹莹肯定还没吃饭的吧。孕妇一次要消耗两个人的能量，饿得可快，我是过来人，我知道一两个小时就得吃东西补充能量。不然饿得慌，再说屈莹这么瘦弱的身子更要少食多餐。我最近呀想着莹莹一个人，卢浩上班忙得也顾不上做饭，就自己买了本书，学了几手，咱们俩这会儿出去买材料，一会儿我下厨，给咱莹莹补补，到时候好生个大胖小子。佳茵，你先给莹莹洗点水果，填填胃。"林慕雪说着，拉着郭巧娜就往外走。

　　"慕雪，不是……等会儿再去。卢浩他不是还没回来吗？等那混蛋回来把事情讲明白了再吃。现在哪有那个心情，我这心里堵得慌……"

　　"卢浩回来不还得一会儿吗？不能让咱孕妇饿着肚子吧。如今屈莹可是国宝。"林慕雪向郭巧娜挤了挤眼，边拉边推把郭巧娜拉出了卧室，才小声说，"出去，我有重要事情跟你说。"

　　"哦。"郭巧娜突然明白了林慕雪的意思，有的事情还是要避开屈莹的。

　　"你在哪儿？"林慕雪拨通了卢浩的电话，"我们没有太多的时间，我说我出来给屈莹买菜做饭，耽误太久莹莹会起疑心的。我不想让莹莹觉得我这姐们当得不够格儿。"

　　"慕雪，你……卢浩……"郭巧娜诧异地看着林慕雪。

　　"巧巧，一会儿你就明白了。卢浩在对面咖啡厅等我们，咱俩抓紧过去。"林慕雪没有时间跟郭巧娜解释太多，等会儿见了卢浩，把话说开了，郭巧娜自然就明白了，她虽说冲动、急躁，可也是个明事理的人。

　　"你……你们来了。"卢浩有点心虚，见到林慕雪和郭巧娜他显得特别不自在，有点想打个地洞钻进去的感觉。

这是个封闭的小包间,里面说话外面基本听不到,卢浩挑选的这个地方再次说明了他的事儿有难言之隐。桌子上三杯咖啡热腾腾地冒着气儿,像是刚刚煮好的。

"慕雪,郭巧娜,你……你们先喝点咖啡。"卢浩半天诺诺地从口中挤出这么几个字。

"切,谁要喝你的咖啡!我们是来喝咖啡的?谁有那工夫。"郭巧娜一脚把凳子踢了个一百八十度转弯。

"巧巧。"林慕雪瞪了郭巧娜一眼,那意思是把事情弄明白再说,别态度过火了。

"卢浩,你也别在意,巧巧也是担心莹莹,都希望你俩能好好的。"

"嗯,这我知道,你们姐妹之间的感情深我都明白。"卢浩不好意思地说,"千错万错,都是我糊涂,一失足成千古恨。"

"别磨叨,你抓紧点时间,就你的时间不值钱,别人的档期满着呢!没人有理由围着你屁股转圈。"郭巧娜的眼睛瞪得圆圆的,多看一会儿能杀死人,卢浩不敢正眼看郭巧娜的脸。

扑通一声脆响,卢浩双膝跪在了林慕雪和郭巧娜的面前,这一举动是两人未曾预想到的,把两人顿时给惊住了。

"卢浩,男儿膝下有黄金,有什么事儿你起来说,你说你一个堂堂七尺男儿跪在我们两个女人面前,这……"林慕雪刚伸手要去扶卢浩起来,却被郭巧娜挡了回去。

"嗯,好!这个姿势酷!帅啊!"郭巧娜嗓子里哼哼了几句,"交代吧。"

"好,本来我是要给莹莹跪下认错的,可现在不是时候,你们是她最

好的姐妹,你们先代她接受我诚恳的歉意。"

"你别尽哇哇些没用的,还没有人说要接受你的道歉!"郭巧娜一脸不屑。

"那是几个月前……"卢浩痛苦地回忆着,"那天单位的头儿过生日,大家都去庆祝了。在酒店吃完饭又去了 KTV,同事们都去了,我不好意思提前离开,硬是耗到了十一点多,大多数人都散了,头儿平时挺照顾我的,今年私底下几次透口风,办公室主任的位子他会留给我,对他交代的事儿我不敢怠慢。那天头儿说太累了,让我给搞工程的李总打电话,帮他找个按摩放松的地方。我打完电话不到十分钟,李总就来把我和头儿接走了,头儿说太晚让我陪着他,我不好拒绝。"

卢浩沉默了几分钟:"那是一个五星级的酒店豪华包间,李总准备了头儿喜欢的洋酒,三杯下肚头儿有些摇晃开了,他怕丢面子让我替他挡挡。我本来就不胜酒力,头儿赶鸭子上架,硬着头皮我吞下了李总递来的一杯又一杯红色的液体,我看到那些液体红的、黄的、绿的、闪着光……我的大脑不知动向了,在滚到地上前我看见李总推开门,招手引进来两个妩媚妖艳的女人,迷糊听见头儿吩咐,'把我这兄弟也招呼一下,他最近家妻有孕在身,饥渴啊!'两人的怪笑声伴着我摔倒在地上沉沉睡去的呼噜声……"

林慕雪和郭巧娜像在听故事,又像在看电影,剧情演着演着就走进了现实生活。她俩面部的表情不停地变着,越来越阴云密布了。

"等我醒来的时候已经半夜四点多了,我躺在酒店偌大的床上,全身上下衣服都被扒光了……"卢浩的表情是痛苦的,"我正在四处寻找衣服的时候,卫生间走出来一个陌生的女人,笑眯眯地看着我,嘴里说着调情的陈词滥调……"

"滚！你给我滚出去！"卢浩眼里是一团燃烧的怒火，"我当时脑子里一片空白，断片了好大一会儿，我不知道是怎么把那个女人赶出去的，只记得我的吼叫声和她的哭声把酒店的经理和前台引了过来，后来我们头儿来了电话，让我安静地回家……"

"我不记得那晚我是怎么回去的……早上八点我木讷地敲开家门，莹莹吓了一跳，她关心地问东问西，我假装胃痛倒头便睡，再醒来已是第二天下午了。"

卢浩的眼里有泪光闪过："睡醒后的第一件事，我便悄悄去医院做了身体检查，医生用蔑视的语调告诉我被传染了性病，需要及时治疗，最快也得六七个月的治疗才可以彻底痊愈……"

"去你妈的！"林慕雪来不及阻挡，郭巧娜重重的一记耳光落在了卢浩的脸上，五个红色的指印立刻浮现在了卢浩白皙的脸上。

"卢浩，你还是个人吗？一个连裤裆里的玩意儿都管不住的男人和动物有什么区别！屈莹眼睛真瞎了，看上你什么了，那么死心塌地地跟着你。你说，她就怀个孕，你就那么不能忍忍！你老婆大肚子也就十来个月，你就不能忍了！"郭巧娜说着手又上来了，这次被林慕雪紧紧地抓住了。

"没事，慕雪，你让郭巧娜打吧！她这是替莹莹打的。是我卢浩眼瞎，没看清楚这个鱼龙混杂的社会，以后我绝对离李总那些人远些，安心做我的小职员就行了……我这辈子唯一做了这一件不是人的事儿，对不起莹莹。自从出了这事儿，我夜不能寐，都不敢正眼瞧莹莹，我怕……我一直和莹莹分开睡，这几个月我都不知道自己是怎么熬过来

的。下班了，我漫无目的不敢早回家，怕莹莹一次又一次的追问引起我们无止尽地争吵，我无法开口对她说清楚事情的真相，宁愿她猜忌、误解我……我不敢回家，又不能不早回家，回去迟了我怕莹莹饿肚子，怕她自己做饭太累……"卢浩委屈的泪珠大颗大颗地滚落了一地，再也控制不住了。

林慕雪的心被触动了，脑海里出现了柳逸枫的脸，一张挂满泪珠的男人的脸，是那天法院开庭前，柳逸枫像卢浩一样跪在冰冷的地板上反省，保证："慕雪，再给我一次机会吧！我是真的爱你的，这些年我的生活里习惯了有你，一旦离开了你，我不知道该怎么一个人在这孤冷的世界上活下去。以前是我不对，千错万错都是我的错，我不该嗜酒如命，影响了工作、家庭。我向你保证，我柳逸枫再也不喝酒了，你让我干什么我就干什么，全听你的，我只求你不要离开我，留我在你身边……"

柳逸枫再诚恳的哀求终也没能打动林慕雪，因为她的心已经麻木，冷却了。她毅然决然地和柳逸枫办了离婚手续，果果失去父爱，一个完整的家分成了两半……越想林慕雪的心越堵得慌，她不知道她的选择是对是错，只是一想到果果，她的心就痛得碎满一地……

"慕雪，你发什么愣呢？看看，怎么办吧！你说，这混蛋怎么办？"郭巧娜把林慕雪从记忆里拉回了眼前，卢浩还端端正正地跪在地上呢。

"卢浩，你说说，你说你是怎么打算的？"林慕雪平复了一下自己的情绪。"我们是莹莹最好的姐妹，我们都不愿意看到她受委屈，我们也得尊重你，你的事我们谁也替你做不了主。"

"慕雪，我没有什么过多的要求，我现在也没什么脸提任何要求，我只是全心全意地道歉，一心一意地恳求你们暂时不要把这件事告诉莹莹，她现在的身体状况接受不了这个事实。我一定会用我的方式弥补我的过错，加倍对莹莹好，请你们相信，我绝不会再犯错了，我这辈子心里只有莹莹一个人，诚心请你们替我保密……"卢浩的身子有些颤抖，也许是跪在地上久了，也许是别的什么原因。"你们也知道莹莹的倔强脾气，一旦她知道了一定会和我离婚的，我不想孩子一生下来就缺少父爱或者母爱……"

"够了！"林慕雪的怒吼让卢浩和郭巧娜同时吃了一惊，一向温柔乖巧的林慕雪也发这么大的脾气，这是卢浩和郭巧娜没想到的。

"卢浩，我们可以像你说的那样，替你保密，如你所愿，至于你怎么弥补你的过错，以后怎么对莹莹，你自己斟酌，我们只看行动，不听满嘴承诺！"

"慕雪！"郭巧娜一头的雾水。

"走！"林慕雪反常地拽着郭巧娜匆忙往外走。

"慕雪，你把话说清楚再走！你，你这什么决定！就这么放过这小子，你对得起莹莹？"郭巧娜倔强地甩开林慕雪的手。

"巧巧，你听着，卢浩有一句话说得是对的，不能让孩子一出生就没有一个完整的家，这个悲剧在我们姐妹之中不能再重演了！果果已经没有父亲了，我不能让莹莹的孩子一出生就缺少父爱或母爱，我们只能选择善意的谎言。"

"不，慕雪，你说什么，刚刚说果果……怎么回事儿?"郭巧娜震惊了。

"保密，只有你知道！"林慕雪回头看郭巧娜的时候，郭巧娜看到她红红的眼睛雾蒙蒙的湿了一片。

八

　　林慕雪和郭巧娜用善意的谎言——卢浩因为特别在意莹莹肚子里的孩子,怕出状况,担心过度了,所以才和屈莹分开睡。两人说了种种卢浩的好,屈莹感激流涕地和卢浩和好如初,而且比以前更恩爱了。卢浩每天早早下班为屈莹做各种营养美食补身子,两人的小日子甜甜蜜蜜,郭巧娜和林慕雪总算是放心了,大大喘了口气。

　　"巧巧,你睡了没,快来帮我一下,果果发烧了。"郭巧娜睡得迷迷糊糊被林慕雪急促的电话吵醒了。

　　"慕雪,你别急,你在哪儿,我马上穿衣服过去。"郭巧娜一边穿衣服一边说,"别急,二十分钟我就到了。"

　　"好,我现在在等出租,带果果去医院。"

　　已经是晚上十二点四十了,县医院的大厅亮着几盏昏暗的灯光,冷森的过道里静得只能听见林慕雪自己的呼吸声, 她一手抱着果果,一手使劲地拍打着玻璃门。

　　"等一下,我拿钥匙去。"好一会儿,值班的护士才睡眼惺忪地出来望了一眼。

　　"快点护士,孩子烧得很厉害。"林慕雪额头滚着豆大的汗珠,又累又急。

"慕雪,果果怎么样了?"郭巧娜的外衣扣子扣错了两个扣眼儿,看得出她是多么的担心和着急,林慕雪的心里满是感激。

"巧巧,没事,让医生看看就好。"

"医生在二楼值班室,你们把孩子带上去吧。"

林慕雪和郭巧娜顺着护士指的方向小跑着冲进了值班室。

医生给果果量了体温,体温计拿出来把林慕雪几乎吓呆了,她的脸色大变,"41度!又升温了?不可能,刚在家量才38.9,你看错了吧?"医生不耐烦地瞥了林慕雪一眼。

"怎么当母亲的,孩子烧成这样才送来,去抽血化验……"

林慕雪听着医生的训斥,郭巧娜楼上楼下忙着办手续,林慕雪抱着果果做各种检查。

晚上两点多,果果躺在医院的病房里输液,小脸和耳朵烧得通红,嘴巴干得起了一层白皮,浑身滚烫,盖着厚厚的棉被,果果瘦小的身子还直打哆嗦,看得出她浑身上下哪都不舒服,像整个人放在炉子上烘烤又像掉进了冰窟里。林慕雪的心里像十五个吊桶打水,七上八下。

"慕雪,果果怎么烧成这样儿呢?你白天没有发现果果生病了吗?看把孩子烧糊涂了。"郭巧娜嘴张了几张,还是忍不住了。

"白天工作室忙,我回去得迟,孩子白天在幼儿园没什么异常,中午老师说孩子没精神,我没有多想……当楼上阿姨把孩子接回来的时候我发现果果眼睛都睁不开了,额头好烫……"

"慕雪,我知道你一个人不容易,又带孩子又开工作室,这么下去你会累趴下的,再说果果正是成长的关键时期,你不仅要让她吃饱穿暖,

还得陪她适当地玩乐，你一天的时间那么紧……果果已经缺少父爱了，不能在孩子的成长中留下什么遗憾，实在不行，咱们几个姐妹商量商量，看能不能帮衬你点儿！"

"巧巧，我和柳逸枫离婚的事目前只有你知道，你忘了我是怎么给你说的？"

"可是……慕雪，我知道你要强，可我这也不是担心你和果果吗？我一天四处奔跑，也顾不上你们。"郭巧娜看林慕雪的眼神是心疼的。

"巧巧，我们都成家了，都有自己的事情要做，每个人都有一段艰难的路要走，不知道途中会遇到什么可怕的事情，什么时候会是尽头，连我自己都没有确定的把握去应对一切恐慌、阴暗、漆黑的日子。所以，怎敢再连累朋友，带上至亲至爱的人一起上路？"林慕雪的声音沙哑着，"我最近常常想起《摆渡自己》里的话：生命的日子里，有晴天，也会有阴天、雨天、雪天。人生的路上，有平川坦途，也会撞上没有舟的渡口、没有桥的河岸。烦恼、苦闷常常像夏日里的雷雨，突然飘过来，将心淋湿。挫折、苦难常常猝不及防地扑过来，你甚至来不及发出一声叹息就轰然被击倒。有的人倒在岸边再也没有起来，有的人在黑暗里给自己折了一只小船，将自己摆渡到对岸……所以，无论命运多么晦暗，无论人生有多少次颠簸，都会有摆渡的船，这只船常常就在我们自己手里。"

郭巧娜静静地看着林慕雪憔悴的脸，想起她对自己说的话："学会坚强，做一个对生活充满自信的人。左手记忆，右手年华，遇见该遇见的，拥有能够拥有的，珍惜应该珍惜的。回眸处，总会有一盏灯，照亮我们前行的脚步；总会有一缕阳光，给我们温暖；总会有一张笑脸，是为了我们而绽放的。时光深处，轻握一份懂得，生命的路口，静待花开。"

林慕雪，她有着与常人不同的坚强与刚毅，但有谁又能够觉察到她举手投足间的孤独与寂寞。

"慕雪，你忙了一天是不是还没吃东西呢？"听到林慕雪的肚子咕咕噜噜地叫个不停，郭巧娜猜想林慕雪一定是从中午到现在都没顾上吃东西。这个女人总是什么事情都替别人周全、尽善尽美，总是忘记了照顾自己。

"我……"

"什么时候吃的？不会光吃了早点到现在吧！"

"早上没吃，中午喝了杯八宝粥，忙得没顾上……"

"你真是不爱惜自己，这么大个人了饭都不知道按时吃，你说你什么时候才可以让我省心？"郭巧娜又气又心疼林慕雪。

"大美人儿，吃什么，我回家做了给你送过来。这个点儿，外面估计找不到吃的了。"郭巧娜起身往楼下走，"我很快回来，照顾好果果。"

"随便什么吃的都行，这会儿真饿了。"林慕雪感觉到，有郭巧娜的日子，她是温暖的、幸福的。

时光如梭，日子过得飞快，转眼，果果已经七岁了，慢慢长成了一个小大人，林慕雪的唇轻轻吻在果果滚烫的额头上："七年前当你呱呱坠地时是那样瘦小，五斤二两，那样柔弱，甚至连哭声听起来都是微弱的，是妈妈平时忙碌没有照顾好自己的身体，你没有足够的营养长大。那时候，我心疼而担心你长不大，没想到你一天天长大了，会叫妈妈了，会走路了，越来越爱动，调皮得像个男孩儿，活泼可爱……果果，你是个和妈妈一样坚强的好孩子，一定要早早地好起来，看到药液冰冷

地流进你的血液里,我的心如刀绞,恨不得生病、发烧的人是我……"

郭巧娜提着热腾腾的饭,再次来到医院的时候,林慕雪已经抱着果果斜靠在床边睡着了,果果的烧好像退了,床边的体温计上显示着 37.2 度。郭巧娜仿佛看到疲倦从四肢钻到林慕雪的皮肉里、骨髓里,刹那间,她的肢体、她的骨骼,都软绵绵、轻飘飘的了,她一遍遍抚摸着果果的头,测量着体温,在 37.2 出现的时候,她终于松了口气,整日的奔波疲惫一股股涌上来,她再也睁不开眼了,沉沉地、放心地睡着了。

"慕雪,慕……"郭巧娜实在不忍心叫醒林慕雪。也许她才刚刚睡着,也许她正做着美丽的梦,可是再不叫醒她饭可就凉了,没法吃了。

"额,巧巧,你来了。"

"睡着了?"

"嗯,有点累。"林慕雪不好意思地笑了笑,她才发现自己竟然能睡得那么沉,郭巧娜进来了好一会儿她才发现。

"果果烧退了?"郭巧娜伸手摸了摸果果的头,已经是正常体温了。

"嗯,已经退烧了。"林慕雪的口气轻松了不少。

"快吃饭吧,让果果睡会儿,我给她熬了粥,你吃完喂她。"

"还有果果的?巧巧,这大半夜的,辛苦你了。"

"哪那么多话,快点吃,别嫌难吃就行。"说话间郭巧娜已经把饭盛好放在了林慕雪面前。

"慕雪,明天我来陪你给果果打针,你一个人肯定不行。"

"巧巧,你不上班?"

"没事儿,我请几天假。"

"不行,你们单位假可不好批,我知道的。"

　　"那实在不行,叫李佳茵过来陪你。"郭巧娜沉默了片刻说,"我是怕李佳茵那没脑子的大嘴巴到时候问东问西,再问到柳逸枫你难堪。"

　　柳逸枫?李佳茵一定会问的,眼泪不知不觉滑到了嘴边,林慕雪现在深刻体会到,当眼泪流下来,才知道,分开也是另一种明白。

九

记忆像腐烂的叶子,那些清新那些嫩绿早已埋葬在时间刻度的前段,唯有铺天盖地的腐烂气味留在时间刻度的尾部。林慕雪原以为她会耗尽一生的时光去淡忘,去慢慢抹去和柳逸枫在一起生活的所有片段,那些快乐的、忧伤的、开心的、心痛的往事就会像阴云时不时密布在她生活的天空,搅拌得她心神不宁,痛苦不堪。她觉得,离开了柳逸枫,虽然解脱了婚姻的痛楚,可在以后的生活中,她就是孤孤单单的一个人了,莫名的悲凉刺穿心脏,寒凉一阵一阵从未间断地萦绕在心间。

当林慕雪倔强地独自背上行囊开始她全新的生活,她却看到了,郭巧娜、李佳茵、屈莹站在她的身后凝望,原来她并不是孤孤单单的一个人。

林慕雪刚离开柳逸枫的时候是慌乱的、迷茫的,她不想出门,不想见人。她以为她很坚强,只要每天微笑,就可以看不见烦恼;以为只要闭上眼睛,就可以看不见整个世界;以为只要捂住耳朵,就可以听不见那些烦躁;以为只要不出去,就见不到不想见的人。不过,林慕雪忘记了,那些终究只是以为。

"慕雪,别把我们当外人,你的事就是我们大家的事。平时我们谁有事,你都是第一个出来帮忙的,可是你出了那么大的事这么久我们竟然都不知道。可能是我们平时都太粗心了,没有发现你的异常,你一个人受苦了,慕雪。生活里没个男人可不行,抓紧再找一个,不然很多事情自己会很辛苦。哎,当初怎么就找了个柳逸枫呢……"李佳茵的大嘴巴像机关枪一样开始了。

"去给果果切一盘水果去。"郭巧娜巧妙地把李佳茵支开了。

"慕雪,再打一天针果果就好了,趁这个周末,你也给自己放个假,我们一起带果果去玩儿。孩子多见见新鲜事物以后聪明。"屈莹拉着林慕雪的手小心地说,"你也给自己留一点时间放松一下,神经绷得太紧人会疲惫的。"

"对,大美人儿,我开车载你们去看山看水,免费为美女们服务,你们尽管指挥就是了。大美人儿,大家心里都惦记着你。你也别怪我多事儿,这次是我自作主张叫大家来找你的,你也就别再指责我了。只要你开心,怎么骂我都行。"郭巧娜躲闪着林慕雪的眼睛,她还是有点害怕林慕雪那责备的目光,是她揭开了林慕雪的伤疤,透漏了隐私。现在,几个人都知道林慕雪和柳逸枫故事的结局了。

"慕雪,你就别犹豫了。给自己放两天假吧!"屈莹期待而心疼地看着林慕雪。

"可是,工作室不能关门呀。做生意经常关门影响会很大的,好不容易留下的客人很可能慢慢就流失掉了。"林慕雪还在迟疑中。

"什么叫经常关门,一年三百六十五天,你关门超过十五天没有?一天到晚忙得不可开交,就是个机器人也该换零件了吧,我估计。"郭巧娜一只手托起林慕雪的下巴,"大美人儿,看看,你最近都有眼纹儿

了，女人太劳累可不是好的征兆，小心我还没老你就先成老太太了。到时候可就没有我美丽了。"

郭巧娜一句话把大家逗乐了，屈莹趁机说："慕雪，巧巧说得对，女人不仅要长得漂亮，还得活得漂亮。慕雪，我们相信你一定可以做得到。"

爱情是灯，友情是影子，当灯灭了，你会发现你的周围都是影子。朋友，是在最后给你力量的人。林慕雪的心里满满的都是感动，有暖流一股一股地通过血液流遍她的全身，这是继柳逸枫走后她最幸福最难忘的一天。在走出法院和柳逸枫分开的那一天，林慕雪平淡的日子无喜无忧，每天单调地重复着无味的生活，没有追求，也不谈梦想。在心底的一个角落化笼，囚禁了曾经，桎梏了回忆，也融不进现在，压抑着心情，强颜欢笑。

"大美人儿，别想太多，过去的就翻篇儿了，美好的生活也许才刚刚开始呢。"郭巧娜习惯性地给林慕雪一个暖暖的拥抱。

"慕雪，你和柳逸枫一直不是相安无事、相敬如宾吗？怎么说离就离了呢？孩子如今没有一个完整的家，多可怜。你们发生了什么严重的、不可原谅的事情吗？"李佳茵不解地追问，她一向喜欢打破砂锅问到底。

郭巧娜瞪了李佳茵一眼，欲言又止。其实李佳茵的这个问题也是郭巧娜和屈莹想不明白、心里一直想问的。

"好吧，你们想知道，我就把家丑从头至尾说一说……"林慕雪的目光投向遥远的天际，深沉得看不见忧喜。

"为难就算了，慕雪。"屈莹拍拍林慕雪的肩关切地说。

　　"没事。"林慕雪摆摆手，"我和柳逸枫的开始就不用讲了，我想你们都知道了。因为年轻、无知，我不顾家人的反对嫁给了这个一无所有，认识短短四个月的穷小子，只因为他对我的好感动了我。我们结婚一年后有了果果，负担逐渐加重了，他开始日渐懒散，稍有苦累就大肆抱怨，漫无目的过糊涂日子，没有固定的工作收入，一个月休假的时间比上班的时间还多。不停地更换工作单位，并没有满足他的抱怨。微薄的收入难以维持生计，无奈之下，我自己开了工作室，一边带孩子，一边经营自己的事业，日常的开支大多从我微薄的收入里支出……"

　　林慕雪深吸了一口气，慢慢吐出来，"我原想，只要两个人的关系处得好，我苦点累点都没有什么关系，但是他逐渐暴露的惰性越来越让我无法容忍了。有些时候，我忙得不可开交，果果在小推车上哭，孩子可能饿了，他全身心地投入在电脑游戏里，完全与世隔绝般的毫无察觉，开始我扯着嗓子喊叫，提醒他喂孩子，看到那张不耐烦的脸我逐渐不再指使他了。再后来，他开始醉酒了……孩子无论怎样哭甚至摔倒在地上，他都在愉快的呼噜声中度过一天又一天。那个时候，我的心开始凉了，逐渐意识到自己的选择错了……"

　　"因为他没有稳定的工作，也不愿意拼搏，他骨子里从来没有凭自己的努力出去工作的想法，怕苦，怕累。很多时候我觉得我不像一个妻子，而更像他的母亲。我每个白天很早起来清扫家里熏天的酒气，然后带果果去工作室，一忙就是一整天。拖着疲惫的身子回到家里，入目的是四处的酒瓶横七竖八，它们像尸体一样散发着熏天的臭气，烟灰、垃圾到处都是……我们的矛盾开始加剧，我们不停地争吵……那段日子我的心情特别糟糕，工作室的情况也堪忧，收入平平。不知

道从什么时候开始，我的支出里多了他的烟酒钱……在艰辛的日子里，我不仅没有从柳逸枫的身上收获到温暖，反而多添了些凄凉、心寒……我不仅得养果果，还得养一个男人……"林慕雪的目光是寒冷的、无助的。

"我不知道他怎么会变成这个样子。一点没有了当初我认识他的模样。也许家人说得对，是我对他太好了。我总把他当个孩子一样宠着，衣食无忧的日子他过习惯了。就像鸟儿在金丝笼里呆得久了就忘记了怎么飞翔……"

"你就是对柳逸枫太好了，让这个男人活在你营造的福窝里，不知何为辛苦和担当。任何事都是你在干，他在看，安逸得不得了。每次我们一起购物，你总是毫不犹豫给柳逸枫买名牌的衣服、鞋子，给自己买件稍贵点的衣服就心痛半天。慕雪，这男人不能惯，不能太宠，不然日子久了他觉得你做什么都是理所应当的。要我说，柳逸枫变成这样，你有很大责任，是你总是对他太好了。"心直口快的李佳茵忍不住先开口了。

"我后来反思，确实是我对他太好了，他也习惯了我的好。在我的宠爱里，他变得越来越慵懒，越来越不堪入目。我越来越艰辛，越来越心灰意冷。我们的吵架变成了家常便饭，不知道是从哪天起，我把离婚提上了桌案。刚开始，他怕了，泪流满面，讨好，祈求甚至给我下跪，让我原谅他，发誓他会改，会变成我希望的那个样子。因为孩子，我心软了，抱着他可以改变的希望熬过了一天、一月、一年……日子在继续，我们的争吵日渐激烈。有时候会大打出手，有时候会把孩子吓得哇哇大哭，好几天她都会躲着柳逸枫。果果说他是坏人……原本为了孩子维系着名存实亡的婚姻,却想不到现在无意中竟伤到了孩子,她一天天就要长大了,我不想再让孩子处在这种环境中,我咬咬牙和柳逸枫分居了。那时候,我连吵架都觉得多余……

"三天两头柳逸枫就会酒气熏天地去工作室吵闹,有几次醉得厉害竟动手打了果果,孩子哭得快不省人事……那天,我的心从头到脚凉透了,凉到结成了冰然后悄悄地死亡了。我正式向柳逸枫提出了离婚……没有不幸的婚姻,只有不幸的夫妻。我们夫妻怀着对婚姻无比美好的憧憬走入婚姻的殿堂,可是最终却失望了,于是我们责怪婚姻,说婚姻是爱情的坟墓,而其实,真正要怪的是我们自己……

"接到法院传票那天,柳逸枫的酒醒了,他开始拼命地对我和果果好,下跪,恳求……他的那些眼泪、甜言蜜语再也融化不掉我心里蒙上的厚厚的冰,无论他怎样哀嚎,我已经死亡的心再也不会为他柳逸枫复苏了……"

回忆,只剩下那残破不堪的情景,让林慕雪无力再提起。努力去拾起那一片片飘零的记忆,却怎么也拼凑不齐曾经她和柳逸枫的那些幸福画面。

"面对不幸的婚姻,我们首先要做的是放弃战争,当然也不奢求马上回归甜蜜,而是彼此要静下心来好好想一想。没有思考就没有行动,也就不可能找到解决具体问题的钥匙,因为自己想要的东西和婚姻的细节永远只有自己最清楚,解决问题的钥匙最终握在自己的手中。慕雪,你一向稳重,不会轻易做出这样的选择,能这么结局一定是没有更好的办法了。"屈莹有些难过。

"没有什么大不了,大美人儿。你那么优秀,那么才华横溢,再想找

个男朋友还不容易,指不定有多少人排队等着你呢。"郭巧娜绞尽脑汁,想逗林慕雪开心,"说说,你心中的白马或者黑马是什么样儿的?要王子呢还是大叔?我们帮你物色物色。"

"不想再找了。"

"那可不行!余生长着呢,八零后的姑娘才三十出头。"三个人竟异口同声,林慕雪勉强挤出一抹微笑。

"大美人儿,你可不能这么飘着。落叶,随风飞得再远,也终究要找一块安身之地,何况你这么个活生生的大美人儿。"

屈莹接过郭巧娜的话:"是呀,慕雪,你可不能像片落叶一样飘着,我们都帮你留心,找个更好的。"

找个更好的,谈何容易。林慕雪相信缘分,她想若上天已有安排,或迟或早都会到来,在那个正确的人出现以前,她唯有迷茫地看着匆匆的行人擦肩而过,然后静静地等待,等待他远道而来。在正确的时间、地点出现,一切都刚刚好的样子。看到他会心里暖暖的,心脏欢快地跳跃着,她恰好花开灿烂,娇柔,芬芳。

十

林慕雪恢复单身的消息传开，姐妹几个心里就惦记着一件事儿，大家都在挖空心思，擦亮眼睛物色身边配得上林慕雪的单身男人。

"慕雪，下午有时间吗？"郭巧娜的声音里满是兴奋，"你知道吗，李倩那小妮子从新加坡回来了，下午约咱们去聚聚。"

"李倩？嗯，算算有四五年光景没见了吧。那姑娘现在还好吧，她的白马王子有着落了？"林慕雪呵呵地笑着。

"听口气是有着落了吧！下午咱不就见分晓了。"

"好，下午见。我把工作室的事情安排安排。"

挂了电话，林慕雪眼前浮现出李倩的俏模样。一张白皙粉嫩的瓜子脸，两颗小虎牙，笑起来还带俩小酒窝，大眼睛，双眼皮儿。唯一留下一点缺陷的就是鼻子，听说后来她做了假体把鼻子修整了。一张精致、立体、完美的美人脸。一米六八的个子，永远保持着九十八的体重，前凸后翘的身材，走起路来像在跳舞，腰肢扭动，有节奏地左摇右摆，不知道迷倒了多少男儿。郭巧娜习惯叫她小妖精，总说她一身妖气，并叮嘱姐妹们把自家的男人都看好了，别撞上李倩，免得魂儿被勾跑了，招不回来……

李倩约大家在一家豪华的酒店见面，郭巧娜和林慕雪一下车就看到酒店门口停着一辆豪车，李佳茵和屈莹在车旁向里面的人打招呼。

"那妖精钓上高富帅了！如愿以偿了。"郭巧娜在林慕雪耳边低语，"回头问问她用的什么手段，你也学学。"

"去！不正经。能说点好的不。"林慕雪瞪了郭巧娜一眼。

"大美人儿，玩笑话。你这么清高孤傲的家伙，估计一般人入不了你的法眼，近不了你的身。就是找个师傅调教你也难。"

"走啦，见她们去。别光拿我说事儿。"林慕雪挽着郭巧娜大步走了过去。

"哟。长架子了。还得我请你下车呀小妖精。"郭巧娜手指把车窗玻璃敲得砰砰响。

"换个衣服，马上，马上。"是李倩娇声嗲气的声音。

"切，姑娘，你唱的哪出啊。见我们几个还换衣服。那么庄重干什么？很扫兴，我们几个都没带男人，你那么娇艳迷惑谁呢？"郭巧娜眼神怪怪地看着李倩。

"郭巧娜，今天有王子呢，先进去点餐了，你就成全倩倩这份心思嘛。"屈莹推了推郭巧娜。

"哦哦，早说嘛，有男人在场你永远都是最耀眼的，穿什么衣服、什么鞋子，配带什么耳环，涂什么口红都是最有讲究的。好吧，速度些，别磨叽，一会儿慕雪还得早回去带果果。"郭巧娜催促着。

李倩果然妖气十足，透肉的黑纱裙，精致的高跟鞋，酥胸外露，金色卷发瀑布一样倾泻下来，她推开车门，一股少女特有的体香扑鼻而来，郭巧娜在心里叹到："这妖媚的女人用个香水都这么讲究，死在她石榴裙下的男人不计其数了,估计。"

"哇!倩倩,你还可以逆龄生长啊,不仅多了女人味儿,还越来越年轻了。"李佳茵惊叹地张大嘴半天没合上。

"女人,年轻、漂亮是资本。走,我带你们见见我男朋友,你们帮着参谋参谋,看看这个如何。"

"李倩,你走前面,我们随后,看你这一身名牌,贵族名媛,和我们走在一起怎么这么不搭调呢?我说姑娘,你这是让我们给你当陪衬的是吧!"

"郭巧娜,这么多年,你什么时候能不损我,温柔地跟我说说话,就像你跟林慕雪那样儿我心里就舒坦了。"李倩嘟着嘴巴假装不高兴了。

"去,去,李倩,你和慕雪可不在一个磁场,没法共振。你看人家披件破棉袄也能看出是大家闺秀,秀外慧中,最主要她那一身灵气,你没法模仿。"郭巧娜有意把林慕雪挽得紧紧的,紧贴着她的脸,"我不仅喜欢她的秉性,还敬仰她的为人。"

"得得,我都习惯你损我了,哪天不和我抬杠我还不习惯了,那就不是你郭巧娜了。"李倩笑呵呵地挽住郭巧娜的胳膊,五个人并排走了进去,一道亮丽的风景线让路人亮瞎了眼,回头的、驻足的、惊叹的大有人在。

"美女们,欢迎入座。"

一米八五的个头,白皙的皮肤,时尚的卷发,韩式一字眉又黑又浓,双眼皮,鹰钩鼻……郭巧娜目光扫过,回头冲李倩竖起一个大拇指,李倩得意地笑了,露出两颗小虎牙,无法言表的幸福在她的脸上肆意地盛开。

"这位是我的男朋友,李明浩,人很豪爽,实在,介绍给大家认识一

下，更多优点等待你们去挖掘。"李倩做了简单的介绍，大家知道了李倩的新任男朋友李明浩，两人是在新加坡认识的。

"倩倩，之前一直给你送花儿，追了你三年的张强呢？你们……"李佳茵没忍住，她的头脑特别简单，心里藏不住事儿，最主要是不分场合，不看脸色，想到什么就脱口而出，今天这样的关键场合她就是一枚定时炸弹，随时都有可能爆炸。

"佳茵，那是我表弟，那段时间我预定了鲜花儿，每周他都定期送过来，他家开的鲜花店。"李倩抢过李佳茵的话。

"呃，那之前帮你搬家，给你置办家具，每天变着花样儿给你做饭的郭伟呢？你们不联系了？"

"佳茵，他比我大八岁，是我堂哥，你忘了！"

"堂哥？"

"是呀，堂哥，我不是告诉你了吗之前。"李倩恨不得挖个地洞把李佳茵塞进去，或者用万能胶给她嘴上厚厚地涂一圈。

"那之前……"

"李佳茵，倩倩家的事儿还多着呢，你什么时候能一个个问完？"郭巧娜看李倩快支撑不住了，期盼着江湖救急，她用脚在桌子下面踩了李佳茵一脚，"叫你吃个饭，你总惦记着人家的堂哥、表弟干什么？人家倩倩人见人爱，花见花开，你要想学她的魅力得先整容去！没看见人家帅男友等得不耐烦了？你第一次见帅哥就不知道留个好印象？"郭巧娜的眼神让李佳茵突然明白了什么。

"不好意思，你们别介意，就我管不住嘴，话多。"

"没事，佳茵，咱们好久没见了，亲切。"李倩感激地回了郭巧娜一个饱含深意的微笑，谢天谢地，李佳茵终于闭嘴了。

"倩倩，你这回该结婚了吧？"这个李佳茵不把问题问完是闭不了嘴的，郭巧娜在一旁直摇头。

"佳茵，我们刚认识不久，暂时应该不会很快考虑结婚这个问题。"李倩用无奈的眼神求助其他人能让李佳茵的嘴停下来，怕她一不小心把往事都抖出来，对李倩和李明浩的继续交往产生障碍。

"不久，是多久？你俩不会昨天刚认识的吧？"李佳茵追问不休。

"李佳茵，你能关会儿机吗？这吃饭呢，你一个人呱呱个不停，有辱斯文。你平时的淑女范儿去哪儿了？没见你对面帅哥的眉头都皱起疙瘩了，你也考虑考虑别人的感受？"郭巧娜的语气像下命令一样。

"哦，好，关机。"李佳茵不好意思地吐吐舌头。

从整个吃饭的过程中，林慕雪发现李倩处处小心翼翼，凡事都近乎完美，每一句话、每一个动作，都拿捏得恰到好处。从李倩的一举一动中，林慕雪发现李倩这个丫头是真的爱上李明浩了。也许她这次是想认真地谈一场恋爱，找个合适的人结婚。算算也到了该认真的年纪了，二十八九的姑娘家，再过几年就是大龄了，资质再好也选择受限制，不好找。这个丫头从十八九岁就开始谈恋爱，总是分分合合，有时候换男朋友的速度比换衣服还快，在大家的眼里，她拜金、花心。

在记忆里，大家都记得李倩的名言：姑娘们，在一场轰轰烈烈的爱情进行中一定要给自己找好备胎，在你分手后，在那段最难熬的日子突然来临时，可以随时换个肩膀依靠，换个怀抱取暖，再听几句暖心的情话，以至于可以瞬间从悲催的主角转换到配角，不用经历失恋的山崩地裂、肝肠寸断。

十一

　　时光在悄无声息地走着,林慕雪在忙碌之余闲暇的时光,记忆里总会闪现一些零碎的片段,柳逸枫的影子时不时还会浮现在她的脑海里,平静后,她发现她对他的怨恨逐渐少了许多,天寒地冻的日子里,时不时会有牵挂和担忧……

　　悠长的小路在寂静的树叶中蔓延,秋风卷着微微泛起红色的枫叶轻轻落在树林间。不一样的轨迹,但有一样的宿命。生命的琴弦由自己去弹奏,每一道音符的奏响都要用一生的时间,悠然脚步踏过铺满乡间的小道,蓦然回首,不见那曾经有过的脚印,风儿飒飒轻抚着,飘然的身影且行且远……林慕雪听着脚下的树叶踩过的咯吱声,仿佛听见了昔日柳逸枫和果果的嬉笑声。又是秋天了,时间把好的、坏的,都变成了回忆。又一个秋天,林慕雪还是林慕雪,果果又长大了一岁,只是不知道柳逸枫经过了一年是否有了新的变化,秋凉了,不知道是否知道该给自己添件厚衣服……想到这里,林慕雪的心里有些难过,人生不易,造化弄人,她深深地叹了口气,在秋风里化作萧瑟的寒凉。

　　"406。"林慕雪经过华旗酒店的门口,听到前台女服务生对一个男人说出的数字分明是一个房间号。让她惊奇的是那男人的一只手搭在一个漂亮女人的肩上，而那个女人怎么看怎么像屈莹。

怎么会？一定是自己的眼花了。林慕雪使劲揉了揉眼睛，那对男女已经进了电梯上楼了。林慕雪冲动地想进去吧台打听打听，看看身份证登记的人究竟是谁。她走了几步又退了回来，再三思量，觉得不妥。她在心里一遍一遍对自己说，不可能，一定是出现了幻觉，或者说那个女人恰巧长得像屈莹罢了。想到这里，林慕雪一脚轻一脚重地走着，心里总不踏实。

"卢浩，屈莹在家吗？我想约她去购物。"林慕雪还是忍不住拨通了卢浩的电话。

"慕雪，屈莹不在家。"

"不在家！"林慕雪的心里空了一大截儿，"她去哪儿了？"

"哦。莹莹说她心情郁闷出去和朋友散散心。我还以为她去你那儿了，你们几个姐妹这会儿正在小酌一杯呢。"卢浩在电话那头呵呵地笑着。

"好的，我知道了。我给她打电话。"林慕雪挂了电话，先后给郭巧娜、李佳茵、李倩都打了电话，竟没有一个人今天见过屈莹。林慕雪的心一直往下沉着，想了又想，她终于鼓起勇气拨通了屈莹的电话，一遍，两遍，三遍……无人接听，无人接听？屈莹从来不会超过两遍以上响铃接听电话的。今天这是……林慕雪的心慢慢全部沉了下去。

"大美人儿，你找屈莹什么事儿，这么着急？"郭巧娜的电话打断了林慕雪的思绪。

"没什么，就是找她一起逛逛街。"

"哦？你大美人儿今天这么清闲？有空找人遛街？如果我没记错第

一个适合的人选是我吧,怎么会是屈莹?"郭巧娜不依不饶地追问。

"巧巧,你想远了,真的是闲逛,上次莹莹说要给孩子买早教书籍,刚好我今天有空闲所以约她一起。"

"编!你继续编!"郭巧娜知道林慕雪是个不善于撒谎的人,从她的语言措辞中郭巧娜听出了异样,"大美人儿,你说哪天不能买早教书籍,你非得今天这么着急,以至于把周围人的电话都打了大半找她。说来也巧了,刚刚我打了十几个未接,你说屈莹这家伙今天吃错什么药了,竟然不接电话。"

"巧巧,可能是没带电话。"林慕雪搪塞着。

"你又知道?那她在哪儿你可知道?"

"我……"

"大美人儿。你有事儿。说,怎么回事?"

"没,没有什么……"

"好,你不说,我这倒有一件奇葩事儿要告诉你。"

"哦?"

电话那头沉默了片刻,郭巧娜说:"前几天,我和几个高中同学在酒吧喝酒,你猜怎么着?同桌的一个男的说他最近约了个妹子,温柔,漂亮,身材还超棒,虽然是个已婚少妇,不过一点儿都不逊色于大姑娘家,够味儿。他拿着手机照片儿在同桌男士的面前炫耀……我无意间瞧了一眼,你猜怎么了?"

林慕雪的心揪了起来,她停顿了几秒钟:"怎么,你认识?"

"何止认识!我太意外了!"郭巧娜的声音高低起伏着,她愤恨地说,"那女的怎么长得那么像屈莹,我当时百分百断定是我眼瞎了或者撞鬼了。你说,那女的怎么可能是屈莹!"

"巧巧……你看错了吧?"林慕雪的脑袋里一片空白。

"我也以为是我眼瞎了,我就不信这回事儿。跟那哥们儿碰了一大杯酒,试探着问,这么好的少妇他是从哪儿遇到的。那男的说是伊人服装店的……听完我脑袋里一片刺啦声,闪着闪着就短路了……"

"巧巧,这可不是件小事儿。咱俩知道的先保密好吗?"

"林慕雪,你就别瞎操心了!电话人家都不接,管她爱怎么怎么去,我就看不顺眼这样的女人!再说,人家家里的事咱一个外人也管不着。"郭巧娜的怒火未消。

"巧巧,我知道你是担心屈莹的,才这么窝火。好,我这会儿去学校接果果了,回头找你细说。"林慕雪挂了电话,陷入了更深的迷雾里,她怎么也想不明白,小说、电视剧里的情节会活生生地出现在她的生活里,而且主角就是她的好姐妹。难道岁月如此残酷,短短几年就让一个人从骨子里改头换面,变得面目全非了?究竟是怎样的因让屈莹有了今天的果?

边想边走,林慕雪无意间又走到了华旗酒店的门口,她想尽快逃离这个鬼地方,却又心有不甘,来回踱着步子。林慕雪心想事情没弄明白之前,不能妄下定论,虽然她心里憋得慌,还是想等一等,等亲眼确定是怎样的事实。她在酒店旁边的一颗大树旁停了下来,眼睛直勾勾盯着酒店门口。

"你这是不放心吗?就知道你在这儿。"郭巧娜一拍林慕雪的肩,把她吓得够呛,手机一下飞了出去,砰的一声落在了地面上。

"你又没做亏心事,何苦吓成这样儿,至于吗?"郭巧娜一见林慕雪

惊慌失措,像惊弓之鸟,她就乐了。

"巧巧,出来了!"林慕雪指着酒店门口,正是屈莹和一个男人半搂半抱地走了出来,到门口快步上了车。

"这回看清楚了吧,大美人儿?我确定就是那天酒吧那渣男。"

"巧巧,屈莹怎么会……"林慕雪的脑壳里一片空白,彻底断片儿了。

郭巧娜蔑视地看着远去的车说:"这类型的男人都不是什么好鸟,这世道,都不流行找小姐了,现在找小姐的都是民工。这些渣男开始玩儿起良家妇女了,找刺激!给别人家的男人头上戴顶绿油油的帽子是他们最为得意的龌龊本领。屈莹肯定是眼瞎了,才没看透。你漂亮,丰满,是个性感小少妇,可不正合了那些个渣男的胃口,稍微给你点甜头就按捺不住要脱裤子了?拜托你有些头脑好不好,他能最终给你什么?是要考虑后果的。天下没有不透风的墙,要是传到屈莹她老公那里,她自己能承担得了后果吗?"

"巧巧,你说这社会怎么了,好好的人说变就变了?"林慕雪的心头涌上一丝丝伤感。

"该心痛的人是卢浩啊!那傻小子没准儿正在家里给屈莹研究菜谱,这会儿也许做好了一桌子菜等她回去吃饭呢!这世道,真混乱!"郭巧娜烦躁,愤怒。

"卢浩……是个好男人。他兑现了自己的承诺,虽然犯了错,但一直在尽力弥补。可屈莹……我就想不明白了。"林慕雪的脑海突然闪过卢浩双膝下跪,一脸泪痕恳请林慕雪和郭巧娜的片段。那天他反复说:屈莹,我爱她,真的在乎她。我的心里满满都是她!我一定要十倍、百倍地对她好，是我自己做错了事，对不起她，我一定倾尽余生弥补她！现在卢浩用他的行动证明了他说的是真的，发自心底的。可是他哪里知道，屈莹已非昨日，她渐渐偏离了生活的轨道，日子和他开了一个大玩笑！

"大美人儿，你可以了。好像你的男人找小三了一样，把你伤成那样。"

"巧巧，我这不是一时没想明白么。"

"苦逼的生活是会把人逼疯的。有的人走着走着就渐行渐远了，你看着她的背影慢慢模糊了，使劲回忆她原来的样子。生活就是一场修行，不是谁都可以成仙成佛的。一个不小心没准就坠入魔道成妖成魔了。应该庆幸你还是你。冰清玉洁的林慕雪，有时候我觉得你不食人间烟火，有时候突然发现你把人生看得那么透彻，她屈莹要是有你一点点的心境也不至于糊涂到这种地步。"郭巧娜的脸上溢满愤恨、悲哀和无助。

"巧巧，屈莹肯定有难言的苦衷。"林慕雪用最好的理由安慰着郭巧娜，也抚慰着她自己的心，看着街上的行人匆匆，林慕雪突然想起一段话来：人生像一本厚重的书，扉页是我们的梦想，目录是我们的脚印，内容是我们的精彩，后记是我们的回望。有些书是没有主角的，因为我们忽视了自我；有些书是没有线索的，因为我们迷失了自己；有些书是没有内容的，因为我们埋没了自我。郭巧娜、李佳茵、屈莹、李倩包括她自己，每个人都是一本书，书的封面、内容都各不相同，她们一路走着，内容不断丰富起来……

"大美人儿，你还有心思在这多愁善感，伤春悲秋？"郭巧娜用询问的眼神直直地逼问林慕雪。

"巧巧,有事啊？"

"有事。大事儿啊！"郭巧娜一个手指勾起林慕雪的尖下巴说,"大美人儿,亲我一下,告诉你喽。"

"去！疯丫头。快说,怎么了？"林慕雪推开郭巧娜的手。

"怎么了？你看看腕上的表,现在什么时辰了。"

郭巧娜这一提醒,林慕雪突然想起了什么,一边看表一边往马路边跑,着急地冲来往的出租车使劲挥手。

"这会儿怎么就急了？不替别人伤感了？"郭巧娜紧跟在后边,不停地逗林慕雪,一见林慕雪着急上火的样子郭巧娜就乐呵。

真是邪门,越十万火急越拦不到车,每辆都是满载！林慕雪着急得快哭了,这个点儿早过了接果果的时间,孩子们都接走了,果果一个人在学校门口没等到她,不知道会哭成什么样子,老师也一定烦透了……

"大美人儿,你求我,我替你出出主意。"郭巧娜一脸的神秘。

"巧巧,你别添乱。"

"添乱？大美人儿,我早都给你添乱了。"

"巧巧？"

"把心放肚子里吧！现在才着急,果果已经被我妈妈接到我家了。你看。"郭巧娜打开手机视频,果果正在香喷喷地大口吃饭呢！林慕雪的心落了下来,感激地紧紧抱住了郭巧娜。

"巧巧,谢谢你。"

"大美人儿,你跟我还用得着说'谢谢'两个字？这不是存心不把我往心里放吗？"

"你一直都在这儿呢。"林慕雪拍着胸脯说。

"走,咱找果果去。小家伙越发可人了。眼看就快长成大姑娘了,小美人坯子。"

"巧巧,我想……"林慕雪拉住了郭巧娜。

"又怎么了?"

"巧巧,咱俩买点东西去看看卢浩和孩子吧。"

"大美人儿,你……"

"巧巧,你听我说。卢浩的妈妈一直身体不好,平时屈莹一个人带孩子也挺辛苦的,这屈莹现在……卢浩一个大男人笨手笨脚的,不知道孩子这会儿吃了没,咱俩去看看吧,不然我总放心不下。"

"大美人儿,你就是个救世主、活菩萨!好吧,拧不过你,我陪你去一趟,免得你又牵肠挂肚,伤呀悲呀个没完没了。我可真担心你那小心脏负荷太重。"郭巧娜说着打车和林慕雪去了商场,两个人买了大包小包的东西直奔屈莹家。

"你回来啦!"卢浩以为是屈莹回来了,话语间满是兴奋,开门见是郭巧娜和林慕雪有些失望,"哦,是你们呀。"

"我们就不能来呀?"郭巧娜瞪了卢浩一眼。

"我们来看看孩子,好几天没见了,怪想小家伙的。"林慕雪把手上的东西递给卢浩。

也许男人天生就不是带孩子的料,地板上、茶几上到处都是孩子的东西,玩具、鞋子、奶瓶、果皮、饭渣……卢浩像是刚给孩子喂完饭,小家伙吃饱就睡了,额头、圆脸蛋上还粘着米粒,卢浩的衣服上也粘着饭渍,餐桌上还整齐地摆放着四菜一汤,每个都用盘子盖着,像是在等谁吃

饭怕菜凉了。

"你给孩子吃过了？"林慕雪关心地问。

"吃了,刚睡着 。"

"你吃了？"郭巧娜斜了一眼餐桌问卢浩。

"我,屈莹还没回来,我等她回来一起吃。"

"一个人吃饭没人陪就吃不下去了？大男人矫情的!"郭巧娜冷冷的眼神让卢浩突然不知所措。

"不是,每次都是我和屈莹一起吃饭,不是她等我就是我等她,时间久了就习惯了。"卢浩的眼里洋溢着满满的幸福,这种眼神刺痛了林慕雪和郭巧娜。

"卢浩,都这个点了,你先吃吧。莹莹估计在别处都吃过了。"林慕雪一边帮着收拾大厅一边说。

"没事,再等会儿。莹莹不喜欢吃剩菜剩饭。"

"卢浩,你和屈莹最近怎么样,没出什么问题吧？"郭巧娜忍不住问了。

"没,没有。我一直在努力!"卢浩说得很诚恳。

"我就问你一句。"郭巧娜停了片刻,"你现在和屈莹还分开睡？你还睡沙发？"

郭巧娜这一问把林慕雪吓了一跳,不过这确实是个至关重要的问题。

"我……我们……"卢浩顿时像泄了气的气球,眼神里的光芒暗淡了下去,融进深深的夜色里,让人看不透他脸上的神情是多么复杂!

十二

最近发生了太多事情，让人身心皆感疲惫。林慕雪手捧着茶杯斜靠在窗边，望着街上车如流水，行人穿梭，深深发出一声叹息：人生一路上的行走，你会遇到很多人。也许是陪你走一站的，也许是个过客，于是生命中留下了许多逗号，一段经历一个逗号，一段感情一个逗号，一段付出一个逗号，无数个逗号的等待，只为最终那个句号。郭巧娜、屈莹、李倩和她自己都没有画上一个圆满的句号，都在静静地等待……

从卢浩的家里回来，林慕雪和郭巧娜聊了很多，两人的情绪都无比低落。林慕雪想到屈莹和卢浩从当初的生死相依到如今的判若两人，不禁感慨人事变迁，原来在岁月的摧残中最经受不住考验的是感情，是所谓的高尚爱情！她从这一刻开始怀疑，至死不渝的爱情观能在阳光下暴晒多久？林慕雪一直认为，感情没有取悦，只有真心实意的不离；人心，没有践踏，只有相依相伴的温情。一段情，始于心动，无言也欢；一份爱，止于心冷，无语也多。爱可以守望但不奢望，情可以包容但不纵容。

"林老师，有个姐姐指定找你。"林慕雪的办公室门被轻轻推开了，

店长说有客户点名找林慕雪。

"好,我马上去。"放下茶杯林慕雪大步走了出去。

"繁华落尽,一生憔悴在风里,回首时无风也无雨。明月小楼,孤独无人诉情衷,人间有我残梦未醒。漫漫长路,起伏不能由我,人海漂泊,尝尽人情淡薄。热情热心,换冷淡冷漠,任多少深情独向寂寞。人随风过,自在花开花又落,不管世间沧桑如何,一尘风絮,满腹相思都沉默,只有桂花香暗飘过。"

一个熟悉的背影、熟悉的声音。她一头酒红色的齐肩卷发,修身的黑色毛呢大衣,马丁靴,香奈儿今年新款独有的味道。她背对着林慕雪,一字一句吟诵着两年前林慕雪朋友圈的那一则说说。

"李姐姐!您来啦!"

"小林,背面你也能认出我!"李秀娥高兴地转过身,在林慕雪面前转了一个圈儿,"看看,最近姐姐有变化没?"

"嗯,不错!不错。李姐姐越来越年轻美丽了。时尚达人!嗯,这个发型洋气,适合您。这口红颜色配您今天的衣服正好。嗯,瞧瞧,这身材越发前凸后翘了,腰翘出来了,瑜伽的效果还是明显提气质!李姐姐,看您这精气神儿,最近状态不错哦。"

"嗯,嗯。我刚旅游回来,一下飞机就来你这儿了。"

"我也好久没见姐姐了,这几天还真想你了呢。"林慕雪给了李秀娥一个热情的拥抱。

"小林,这个披肩颜色、图案适合你,别嫌姐姐的眼光俗哦。"李秀娥从一个精致的包装盒里取出一条大红色披肩裹在林慕雪的身上,鲜艳的红色映衬着林慕雪白皙的皮肤,宛如雪中红梅枝头俏。

"好漂亮的披肩，谢谢姐姐。您每次出门都不忘记给我带礼物。"

"嗯，哪里，你看得上就好。我打心眼里感谢你，是你让我活了大半辈子才明白——女人得自己心疼自己，适时地宝贝宝贝自己。你看看，我现在被你开导得心态多好。"李秀娥拉着林慕雪的手，"小林啊，我时常一个人想要不是遇到你，我可能早都入黄泉了。"

"姐姐，别说丧气话，拒绝负能量！"

"好，好！小林就是小林，能给人充电，满满的正能量。我现在高兴了想到你这里来，不高兴了更想到你这里来。和你聊天我心里舒坦，开阔。"

"那就常来，姐姐。"林慕雪双手捧过一杯柠檬茶递给李秀娥，"姐姐，今天想怎么给您安排？"

"小林，我这个月吃东西肚子不舒服，有些便秘。还有哦，你看我眼纹好像多了两条。你帮我参谋参谋，看做哪几个项目可以急救急救。我信你。"

林慕雪上下打量了一下李秀娥说："姐姐最近可能食欲不好，是肠道里囤积的许多粪便压迫到了胃，让蠕动变慢了，皮肤也显得干燥……"林慕雪起身捏了捏李秀娥的肩，"好僵硬啊！姐姐最近易疲累，腰痛，时不时会有口臭吧？"

"嗯，嗯。"李秀娥不停地点头。

林慕雪微笑着说："姐姐最近得抽时间调理肠胃了。我从中医养生的角度给您补补课。首先呢，坏菌散发的有害物质会影响血液循环，导致自律神经失调，引起肩膀僵硬、腰痛。其次，肠内环境变差，吸收养分受到阻碍，人所需的养分不够自然会容易感到疲累。最后肠胃不好的人容易口臭。肠内如有恶臭，除变成屁排出外，还会寻求其他出口。如果继续以肉为主食，体臭情形会更严重。"

"姐姐，我再给您说说保养肠胃对身体的好处。人体肠道内宿便堆积过多就会产生大量毒素，被大肠二次吸收。造成人体代谢缓慢体重增加，变得肥胖。肠道有十多米，盘旋在腹腔上，每天吃的食物如果不能按时排出体外，在体内存留十二小时，就会腐烂、发酵，三天就会形成三至四公斤的宿便毒素。这些毒素经小肠二次吸收，通过口腔排出臭味。这可以导致女人面色发暗，口周长痘，唇白，便秘，皮肤松弛，蝴蝶袖，身体易过敏，偶尔便血，身上出现鬼掐青。由此看来，经常做肠胃保养，加速肠道蠕动，排出体内毒素，恢复胃肠正常功能十分必要。"

"这么深的道理呀？"李秀娥似懂非懂地看着林慕雪。

"姐姐，我们自出生那时起，就离不开摄入饮食，并通过吸收饮食的营养来供给全身各个组织器官的需要，以维持机体正常的新陈代谢，促进身体的生长，保持身体年轻化。而肠胃又是吸收营养的核心部分，因此肠胃保养十分重要。皮肤的水分以及所需的营养物质，主要也是从脾胃吸收而来的。如果胃肠患病，皮肤营养及水分供应不足，会直接影响容颜的娇美，产生面色暗淡无光、发黄发黑等表现。因此，肠胃如果不好，面色也无光彩，女人也就失去美丽。可见，肠胃的功能直接影响到美容的效果。人的健康就在一进与一出之间，吃出来的营养必须经过脾胃消化被人体吸收，而肠胃还要负责把不能吸收的垃圾排出体外，进出口都健康才确保人体的健康。肠胃蠕动，可以改善便秘，使排便顺畅，排出肠道沉积的宿便和毒素。修复肠道黏膜组织，提高消化机能。"

"嗯。"李秀娥不停地点头认同,"得做……得做肠胃保养。这会直接影响女人的容颜!"

林慕雪一下被李秀娥萌萌的表情给逗乐了,她突然发现,眼前这个姐姐如今只对美貌和衣服感兴趣。

"姐姐,那我给您安排两个手法好的技师,先帮您做个全身排毒,您这旅途劳累,先把全身经络疏通疏通再着重保养一下肠胃,面部一会儿给您做个深层清洁和注氧。一会儿我亲自给您做面部,咱俩顺便聊聊天儿。"

"好。妥当。"李秀娥很满意林慕雪的安排。

林慕雪叫来两个身穿粉色裙子的技师带着李秀娥进了 VIP 包间,"姐姐,您先去,我一会儿就来。"

"好嘞!"

望着李秀娥婀娜的身姿,听着有节奏的高跟鞋声渐渐远了,林慕雪的眼前浮现出一张历尽沧桑、憔悴得接近老年人的面庞,她邋遢的样子怎么也不敢和眼前的李秀娥相提并论,那是两个不同年龄不同心境的人!

两年前的情景再次浮现,那是一个秋雨迷人而忧郁的下午,林慕雪坐在办公室的窗前仔细品着秋雨,她看着秋雨走进秋天的街道。街道两旁,原先枝叶茂盛的大树,仿佛都失去了它应有的色彩。天空透着淡淡的银白,下着细如牛毛的绵绵秋雨。绵绵秋雨细细地下着,流进了大地,流进了小河,流进了长江,流进了人的心中。

"你好,你是林……"

"你好。"林慕雪的办公室门被突然推开了,一个年老的妇女乱蓬蓬的头发上往下滴着水，又破又旧的运动鞋上沾满了泥浆看不出是什么颜色，她像是从山上下来的，运动裤和上身的呢子大衣很不搭调。林慕雪一脸的惊愕，她十分怀疑这位阿姨走错了门，刚要开口，"阿姨"先说话了。

"请问，这是你吗？"她从衣服兜里取出手机，打开屏幕，指着一个微信图像问林慕雪，"这个，这个是你的微信吗？"

"嗯。"林慕雪满是疑惑，出于礼貌地请"阿姨"坐了下来。

"我很喜欢你朋友圈的说说，每天都关注。尤其是这一则说说——繁华落尽，一生憔悴在风里……只有桂花香暗飘过。"她动情地一字一句地读着，睫毛上起了雾气，声音哽咽了。

林慕雪的心一下柔软了，她取了毛巾、吹风机，帮她收拾好了雨淋湿的头发。林慕雪发现那原来是一张五官端正，有着姣好面容的脸，只是历经岁月风霜，早已蒙上了岁月尘埃，更多的是留在脸上的憔悴与散不去的愁容。

"小林，你说女人漂亮真的有那么重要吗？"她木讷地问。

"女人的漂亮很重要，可以直接影响她的生活和幸福，漂亮的女人往往比较自信一点，每个男人的内心，都希望自己的女人是最漂亮的，不管是在视觉欣赏下还是在面子上都会占优势。要不然就不会有秀色可餐一词了。"林慕雪随口就来，"张爱玲说过，'有美的身体，以身体悦人；有美的思想，以思想悦人。'现实社会美女好处多，美可以让你事业、爱情双得利。爱美不仅是女人的天性，男人更是乐此不疲地钟爱各色美女。漂亮的外貌加上优雅的个性，自然让你的事业一帆风顺。我呢，常常给我的客户们讲，外貌美丽的女人堪称尤物，智慧与美貌并存的女人才更加有魅力,才会更加吸引男人!现实就是这么残酷,往往人看到的、追求的,只是外在的东西,外表不美是一种遗憾。不能怪别人以貌取人,毕竟内心太远,而脸就在眼前。所以不能一直遗憾下去,尤其是女人,有变美的机会,一定要紧紧抓住,也许人生就此改变!"也许是职业病,林慕雪随口说了很多。

"小林,那你帮我看看,我还有希望吗?"她诚恳地、急切地看着林慕雪,所有的希望仿佛都寄托在林慕雪身上。

"你是想?"

"我叫李秀娥,这些年一直在做房地产,公司的规模还不错,今年刚四十……"

听到四十这个年龄的时候林慕雪也惊住了,岁月是把杀猪刀,生活愚弄人,一个刚四十的女人,在岁月的风尘中磨成了一个五十出头的老妇人!如果她不说,林慕雪以为她至少有五十五岁,她几次张口差点喊出阿姨。

"李姐姐,首先感谢您的信任,来到我们女人之家工作室。我会尽我所能帮助您,我会给您最诚恳的建议。我们也算有缘人。"

"小林,我听很多姐妹说你这里很好,帮助很多女人改变了自己,我就想着来找你了。"李秀娥说得很诚恳。

"谢谢姐姐的信任,我一定会尽力!"

"小林,也不怕你笑话,我这么多年也没少挣钱,却活得越来越不像个女人了,现在都快活不下去了……"她说着竟当着林慕雪这个初次见面的陌生人放声大哭起来。林慕雪懂了,那是一个女人多年的委屈、心酸和压抑,她轻轻掩上门,递过纸巾。

"不好意思，小林。见笑了……"

"没事的姐姐，没有什么事是过了黑夜还见不到阳光的，人一定要把心态调整好。"林慕雪温柔地拍拍她的肩，李秀娥感觉到亲切、舒心。

李秀娥认定，林慕雪是她可以信任的人，以她的职业道德，即使她把自己的难言心酸一股脑倒出来，林慕雪也不会对外宣扬，一定会替她保密的。打定主意，她拉林慕雪在自己身边坐下，说："小林，你知道吗？我不缺钱。说了你可能不信，好的时候，我一年赚一百多万。可我这些年没怎么舍得给自己花，都省着为家里过日子了，部分给孩子存着。现在房子五六处，个个装修豪华，可我老公却用它来养别的女人！他不念我的好，嫌我老了，没有姿色了。三个孩子都大了，该结婚的结婚了，该留学的出国了，我的生活里除了劳累就是空虚、寂寞，越来越没滋味了……"

眼泪止不住了，她小声地抽泣着："刚嫁给我老公那会儿，我人不仅漂亮而且精干。他胆小怕事，一直都跟在我屁股后面，后来公司做大了，他就做甩手掌柜，没钱了我就给他，一拿就是十几万。想着我挣钱就是为了这个家，不给老公孩子给谁花。这些年我谁都对得起，唯独对不起自己！"

"我万万没想到养了个白眼狼，他嫌弃我！这一年多我天天生气，有好几次都不想活了。你都想不到小林，他身边有那么多的女人，都是年轻漂亮的，我把这个赶走，又来另一个，我快被他逼疯了……"

"李姐姐，冒昧地问一句，你们俩是不是你爱他多一些？"林慕雪小心地问。

"嗯。我爱他，没有他我不习惯。每次都因为我赶走他的小狐狸精，他和我激烈地争吵，好几天不吃饭，不搭理我。我每次都怕他饿着，伤着身体，每一次都是我主动变着花样做各种好吃的哄着他吃，逗他开心。"

听到这里，林慕雪既同情眼前这个中年女人，又憎恨她的无知与懦弱。更多的是叹息她没有自我的生活态度。

"小林，你知道吗，他和别的女人可以眉来眼去，一见我就冷若冰霜，晚上只要我一上床他就装睡，我就像活生生的催眠药！

"我老公，说话和刀子一样戳人心！他经常说和我睡觉还不如找个小姐舒服！我有的时候在想，我老得那么没用了……

"小林，我相信你。你帮我私人订制一个方案，我想明白了，我也要变美，毕竟我还不是老得没得救了！"

"姐姐。"林慕雪拉着李秀娥的手认真地说，"改变你的形象从我专业的角度和现在发达的医学科技来讲是完全没有问题的。但是姐姐，我希望您能更多地调整自己的心态，改变一下自己的生活方式，也许您会活得更轻松，收获意外的惊喜。我希望以后我们能做个朋友，我会尽力帮您改变，生活不易，女人更不容易！"

"好，我相信你！"李秀娥紧紧地抓住林慕雪的手，像抓住了救命的稻草，抓得林慕雪有点痛了，她咬咬牙忍住了，没有吱声。

那天林慕雪给李秀娥讲了许多女人该懂的道理，首先她让李秀娥明白了，女人不能光为男人活着，不能把男人当成生活里唯一的必需品。除了家人和孩子，女人还得有自己的爱好、朋友……那天林慕雪给李秀娥精心制定了适合她的私人美肤套餐和身体调理方案，给她安排了最好的技师，关键项目林慕雪亲自上手操作。记得那天林慕雪很晚

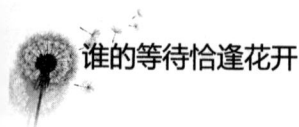

才回家,她陪李秀娥吃了火锅,喝了红酒,沿着河堤散步,赏月……也就是在那天,李秀娥开始明白,她这以前的时光里从没有为自己活过一年半载,对于她而言,是她不会享受生活,不懂生活,而并非是生活辜负了她!从今天起,从认识林慕雪起,从踏入女人之家起,她的意识发生了转变,自那一天起,她懂得了一个深刻的道理、女人无论年龄大小都可以漂亮——长得漂亮,活得漂亮!

十三

　　灯光下林慕雪的"女人之家"温暖而舒适,里面整个装修都是林慕雪多方参观学习,精心设计的,既奢华却不庸俗,古典中透露张扬,雅致却不失高贵,整个大厅神秘的紫色,高贵而略带忧郁,深刻而精神。专设女人的私密空间——温馨、典雅的 VIP 单间,倾情两人间,和朋友一起享受美丽和健康调理的同时,可以海阔天空畅谈的四人间。私人专属形象魔法屋——量身定制设计属于你自己的发型、服装风格、纹绣、美甲、微整。中医急救室——调理女性的身体健康和女性生殖保健……林慕雪本是中医世家出身,从小饱读诗书,对美有与众不同的追求,她好学上进,精通中医、纹绣、服装设计、美甲、化妆。几年前林慕雪用自己所长创办了"女人之家"工作室,现在规模越来越大,项目设施也越来越完善,集美容养生、仪器理疗、亚健康常见疾病调理、纹绣、微整为一体。林慕雪为人正直、善良,她的"女人之家"深受广大女性朋友的喜爱,生意日渐红火起来。

　　"林老师,我们手上的项目忙完了,李姐下一个项目您亲自去,我们准备工作已经做好了"。

　　"好的。"林慕雪换上白色的工作服,迈着轻盈的步子走进了李秀娥的 VIP 单间。

"姐姐,感觉如何?"

"嗯。舒服。"李秀娥说,"这会儿肚子和胃里舒服多了。刚才小姑娘给我推的时候不停打嗝。"

"打嗝是正常的反应,没事。"

林慕雪调好面部仪器,一双巧手像拨弹琴弦一样熟练而优美地在李秀娥的脸上工作开了。不一会儿工夫,李秀娥的脸变得紧致、水润、透亮起来。

"谢谢你小林,每次来你只要有时间都亲自上手,这可是皇亲国戚的待遇。"李秀娥感激林慕雪的贴心、精细。

"哪里话,应该的。"

"小林,你知道吗?我现在发现女人一定要对自己好,否则没人对你好,孩子大了有自己的生活顾不上你,亲戚朋友有自己的事情,谁能时时记起你,就连自己的枕边人……哎!"

李秀娥突然兴奋地说:"小林,说来奇怪了,自从我的形象好了,品味变高了,我老公竟然开始记起我了。有时候开始黏我了……人真是种古怪的动物。现在我把工作、生活、美容养生安排得妥妥当当,感觉很充实,没有多余的时间去猜想他和哪个狐狸精在一起鬼混,也自然就不生气了。闲暇时间我要练瑜伽、肚皮舞,和朋友去唱歌、下午茶,假期去旅游、学习,现在的生活真的很完美。"

"看到你现在这个样子,这种健康的生活状态,我真的替你高兴。姐姐,现在多好,看你笑起来多美。"

"这都是你的功劳,每次来你这,和你聊聊天,我都收获不少,小林,我这辈子都得感激你。"

"姐姐,我还得多谢您照顾我工作室生意呢。"

"哪里是我照顾,是你自己做得好。做生意人品和口碑很重要。小林,你前途大着,好好干。现在社会,女人需要有你这么个地方,忙碌之余,有那么一处空间可以肆无忌惮地遐想,一边美容养生,一边听你们讲讲心灵鸡汤,十分惬意。

"真的小林,在没有认识你之前,难过的时候,我都不知道去哪儿。现在的人生活压力太大,尤其是女人,工作的压力,婚姻的不顺,家庭的酸楚都需要有你这样一个收纳的空间来调适。每次到你这人都会高兴地走出去,无论来的时候多么糟糕的心情,回家的时候总是笑声悦耳,几天不来可想念你这儿了。'女人之家'这个名字真好,这里像女人的娘家。"

"你也这么说李姐,昨天张姐、王姐她们也这么说来着。"

"是,都感同身受。"

"李姐姐,又犒劳自己了?"林慕雪指着李秀娥手腕上的新表笑眯眯地问,"价格不菲吧?"

"这个啊!"李秀娥笑容灿烂地说,"小林,说了你都不信,这个是战利品。"

"战利品?"

一见林慕雪满脸疑惑,李秀娥扑哧一声笑了,"是情人节,他送的。"

"你老公?"

"嗯。"李秀娥沉浸在幸福里,"最近时不时送东西给我。"

"价钱都很美丽吧姐姐？"

"必须得美，以前是他嫌我，现在走到一起谁不说我比他年轻，我现在看开了，看淡了，不在乎了，他倒紧张起我了……"

"姐姐，人就是这样，且行且珍惜最重要。"

"那是，现在我领悟到你当初给我讲的，爱美的重要性，爱情事业双丰收，早认识你几年，我就可以早洒脱了。"李秀娥一直对林慕雪有一种相见恨晚的感觉。

"现在也不迟，刚刚好。姐姐，一定要记得，任何时候，心态很重要。"

"嗯。"

林慕雪和李秀娥天南地北地聊着，李秀娥在林慕雪面前无话不说，她信任她，敬仰她。

"慕雪，你下班了吗？"李佳茵的声音听起来怪怪的，像刚哭过。

"佳茵，怎么了？"

"我想去你那儿，方便吗？"

"现在？"林慕雪看看表，"现在九点半了，我下班刚到家陪果果听故事呢。"

"那算了。"李佳茵失望的声音让林慕雪有点担心。

"佳茵，你怎么了？要不一会儿你过来，再过一会儿果果就睡着了。"

"好，我一会儿去找你。"李佳茵说话有气无力的，像喝醉了酒，缥缈游离着。

"巧巧，你忙吗？不忙的话，你去看看李佳茵，她像醉酒了，怪怪的，刚给我打电话，我这会儿带果果走不开。"林慕雪心里放心不下李佳茵，便给郭巧娜安排了去看李佳茵。

"开门!开门!"十一点四十五,林慕雪的门被重重的拳头有一声没一声地捶打着,听那声音,林慕雪猜想一定是李佳茵。

"来了。"

打开门,李佳茵一头窜了进来,不是林慕雪手快,李佳茵一头就磕地上了。她面色红润,美色撩人,酒精正在她的体内肆意乱窜。林慕雪扶她到沙发上坐下,怕吵醒果果,林慕雪轻轻拉紧了卧室的门,把李佳茵扶到小客房,给她泡了一杯解酒茶。

"佳茵,怎么喝这么多?"

"今朝有酒今朝醉!慕雪,我心里难受。"

"佳茵,借酒消愁愁更愁。怕明天酒气过了,人清醒了,却发现,明天比今晚还伤心难过。"

林慕雪看到李佳茵痛苦地一抽一抽,耸动着肩膀。她知道这个大大咧咧、藏不住事儿的直性子姑娘真的伤心了,一定有东西刺激到了她心里最柔软的地方,她疼了。平时,她也算一个刀枪不入、坚强不倒的女人。

"给我说说吧,如果你想说的话,我洗耳恭听。"林慕雪像亲人一样看着李佳茵,她温暖的眼神多少在这个夜晚给了李佳茵一股暖流。

"慕雪,我发现了……发现了他和别的女人鬼混……"说着,李佳茵的眼泪滚珍珠一样,一颗接一颗。

"不至于吧!我觉得应该不会……你们是不是有误会?"

"我亲眼看到的!昨天半夜,他手机有信息叫他去泡温泉,他推脱了没去。都大半夜了,他那哥们儿一遍一遍打电话……早晨他起得特别早,说是去谈客户。我觉得不太对劲儿,开车悄悄跟着他,我想去探

个究竟。我看着他进了五星级酒店。在大厅我看到了他那不三不四的哥们，我听到那个胖子说，'新鲜货，空姐，试试？'几个男人色眯眯地笑着。"李佳茵停了几秒，"你说，他都交往些什么人！我都劝说好几回了，离那些人远点，不保持距离迟早跟着学坏。你说他去那种地方，随便找的那些货色，一不小心染上个什么病回来，以后我可怎么过……"

"啊？"林慕雪一时竟无语了，这个李佳茵，事情都说不清楚，估计是喝多了。

林慕雪透过昏黄的灯光看到李佳茵清澈明亮的瞳孔，弯弯的柳叶眉，长长的睫毛微微地颤动着，白皙无瑕的皮肤透出淡淡的红粉，薄薄的双唇如玫瑰花瓣娇嫩欲滴。不得不承认，李佳茵是个让人看一眼忍不住想回头再看一次的大美人。怪不得当初第一面就把她老公迷得神魂颠倒，非她不娶。林慕雪明白李佳茵为何会如此在乎她老公的一举一动——那是一个事业有成的中年男人，三十七八，身材魁梧，浓眉大眼，不算十分俊朗却也精干、成熟、阳光，是个招女人喜欢的主。李佳茵当初嫁给这个大她十一岁的男人的时候她才十八岁，花开娇艳。当时很多人都认为李佳茵是看上了钱才嫁过去。他的确有很多钱，他是当地颇有名气的建筑公司老板，工程项目不计其数。他见李佳茵的第一眼就触电了，展开了疯狂的进攻，李佳茵之所以最终选择了他，只因为他对她是真心的好。李佳茵的家庭条件和他比相差甚远，她除了美貌基本一无所有。所以李佳茵一直很紧张他，只要有风吹草动，她就会精神紧张。在她心里最害怕的就是如果有一天，她老公变心了，不再对她好了，她就什么也没有了！

看到李佳茵那么伤心，那么紧张，林慕雪的心颤了一下，她突然觉得眼前这个女人日子过得也不容易,虽然她是名副其实的富婆,嫁入了豪门,住着别墅,开着豪车,穿着名牌,可是她的内心是多么的脆弱!她每天都变着花样做美食,想尽办法吸引老公的注意力。她还必须养育好子女,拼命努力做一个贤妻良母,同时要不间断地保养、锻炼,时时刻刻做个魅力十足青春不老的小妖精。她生活在水晶球里,水晶球握在她老公的手上,她要小心地讨他欢心。她怕,怕他稍有不慎,一松手,她就碎了。她怕疼,怕碎了的心伤永远无法修复。

"佳茵,你想得太多了。也许,事情没有你想得那样严重。"林慕雪坐到李佳茵的身旁,"你听我说——如果男人是鸟儿,你就给他蓝天。天高任鸟飞,飞累了,总有归巢的时候!如果男人是鱼儿,就给他大海,海阔任鱼跃,游远了,总有回头识岸的时候!如果男人事业有成,你就做个成功男人背后默默牺牲的伟大女性!如果男人是风筝,你就做个放风筝的人,必要时,把线隔断,放飞风筝!记住,女人别把男人看得太紧了,给他一片自由的天空吧!这样你也许得到的会更多。"

"慕雪,道理我都懂,可是外面的世界太精彩了,也太让人无奈,物欲横流,灯红酒绿,纸醉金迷,很容易让男人迷失方向,我不把他看紧点儿,万一别的女人有机可乘?"李佳茵一脸的迷茫。

"佳茵,你老公是个事业有成的优秀男人。以他的身份经常和不同的人打交道,各种应酬难免会有的。接触的人鱼龙混杂,你是盯不住他的。最主要你要相信他,相信你自己,相信你们的感情。一定要明白,沙粒抓得越紧,流得越快的道理。我相信以你的聪明一定会做好的。这些年你老公能死死地黏着你,没有任何小插曲,足以说明你做得很好了。"

"慕雪……"

"佳茵，记住我今晚给你讲的话，别把风筝的线一直抓在手里，别让自己整天全身的神经绷得太紧。"

林慕雪的楼下，有车的喇叭声打响了，林慕雪笑笑说："佳茵，回家吧。他来接你了，有台阶就下。"

"他？"

"嗯。"林慕雪点点头，"你们在一起快八九年了，他那么疼你爱你，这个点了你没回去他能不知道来接你？"

"我又没叫他来。自作多情。"李佳茵的眼里放着光，脸上桃花盛开，溢满了幸福。

"这么晚了还在外面，喝这么多可伤胃了。"说话间李佳茵的老公已经上了楼，他一边温柔地帮李佳茵梳理凌乱的头发，一边小心地摸摸李佳茵的头，又摸摸她的手，脱下自己的外套披在她的身上，半搂半抱把李佳茵扶进了车里。

望着李佳茵的车消失在夜色里，林慕雪久久难以入睡，她想如果爱上一个人，又同他结婚了，人人皆说这是最美丽最幸福的了，和相爱的人白头偕老。但他们完全不了解，爱情若只是两个人之间的一回事，那么事情就简单得多。然而，往往在结婚以后，爱情从此不再是两个人的了……

十四

果果和林慕雪一样,有一双晶亮的眸子,明净清澈,灿若繁星。她用双手托着下巴,不知道想到了什么有趣的事儿,对着自己兴奋地笑。眼睛弯弯的像月牙一样,仿佛那灵韵也溢了出来。

"果果,想什么呢?"林慕雪双手托着下巴学着果果的样子看着她那双水灵灵的大眼睛。

"妈妈,我在想以前,以前我们……"果果看了一下林慕雪突然阴沉下来的脸,支支吾吾停了下来。

"小孩子爱幻想。"林慕雪轻轻刮了一下果果的鼻子,心里一阵酸楚,她知道,果果想爸爸了,毕竟那是她的爸爸。

"妈妈。"果果楚楚可怜地看着林慕雪,"我好可怜,我都没有爸爸了。"果果的脸上是一种类似大人的忧伤。

林慕雪怔住了,这是她和柳逸枫离婚后果果第一次这样说。她一直以为她一个人可以带好孩子,她可以拼命挣钱,给果果好的生活条件,让她上好的学校,穿好衣服,买好玩具。可是她忽略了这颗幼小的心灵早已无形中受了伤,罩上了阴影。这是她林慕雪的失职,是她和柳逸枫欠缺孩子的。

　　林慕雪看过很多育儿之类的书籍，她想努力从各个方面来弥补果果。可是果果现在没有爸爸了，这是事实。一个不完整的家，一个七岁的孩子在健康成长的路上缺失了父爱，这对她的心理健康十分不利，林慕雪记得她多次看到这段话：人的教育是一项系统的教育工程，其包含着家庭教育、社会教育、集体教育，三者是相互关联且有机结合在一起的，离开哪一项都不可能。但在这项系统工程中，家庭教育是一切教育的基础。前苏联著名教育学家霍姆林斯基曾把儿童比作大理石，他说，把这块大理石组成一座雕像需要六位雕塑家：家庭、学校、儿童所在的集体、儿童本人、书籍、偶尔出现的因素。家庭居首位，可以看出家庭教育的重要性，为此家长要知道，了解家庭教育的重要性是十分必要的。所以离婚的家庭对孩子的身心健康成长十分不利，孩子会容易产生强烈的自卑感、被遗弃感、怨恨感等消极情绪，最终就会影响到他们的人际交往、同伴关系等；他们还会容易缺失生活和学习上的自信心，在大多数离异家庭子女有不同程度的行为障碍，在心灵上也会蒙上一层阴影，由于他们感受不到家庭的温暖，容易受到外界不良行为的影响。行为的反社会倾向与对立情绪都比较严重，这些孩子容易出现较严重的性格缺陷，在个性形成中，会出现多种缺陷……林慕雪的身体突然颤抖了一下，她无比难过起来。

　　果果说得对，"我好可怜，我都没有爸爸了。"一个七岁的孩子没有爸爸的确是很可怜，孩子用最简单的话阐述了她内心真实的想法，这句话把她们的境遇诉说得如此透彻。

　　柳逸枫这个混蛋，如果你争口气我们也不至于走到今天！林慕雪在心里又有了恨意。想到这个名字，她的心刺痛了，被冷冷的、坚硬的冰刺穿了心脏一般。一年多的光景,自从法院办了离婚手续柳逸枫便打包离开了林慕雪和果果所在的城市,他像人间蒸发了一样,一去杳无音信,果果几次给他打电话都关机,他是个没有责任心的家伙!是个混蛋!他不配做一个父亲!眼泪,像决堤的洪水倾泻下来。这一刻林慕雪不得不承认,她没有想象的那么坚强,也不是刀枪不入,她也想有个人在委屈的时候给她一个温暖的怀抱。

"妈妈,别哭。"果果小声地拍着林慕雪的肩膀,用她胖乎乎的小手擦拭着妈妈脸上的泪水。

"大美人儿,不要一根筋地沉浸在过去的伤痛中,你得学会慢慢把心打开,这样你才能走出来,别人也有机会走进去。谁伤害过你,谁击溃过你都不重要,重要的是以后谁会让你重现笑容,重拾幸福。"郭巧娜的话如雷在耳。

这些漫长的日子,林慕雪发现,慢慢地,她把一切看淡了,就像她很喜欢的那段话:慢慢地,你不会再流泪;慢慢地,你反而感恩所有伤害你的人,是他们历练了你的心,让你的心由脆弱走向刚毅,是他们增长了你的人生阅历,让你感受多彩的人生,让你真正由稚嫩走向成熟、坚强;慢慢地,当下的你不再忧伤,一切淡了;慢慢地,你知道自己该做些什么;慢慢地,你的笑容张开了;慢慢地,你的生活正常了;慢慢地,一切都过去了。

在岁月的辗转里,在林慕雪的内心,她是渴望一场爱情的,最近看到每一对恋人从她身边走过,心里难免会觉得落寞,她觉得现在自己也真的很想去谈一场属于自己的恋爱和拥有一份属于自己的爱情。她想谈一场不以结婚为目的的恋爱。如果在这段关系里不仅可以彼此忍

受还能心生欢喜,那就可以继续,说不定可以水到渠成地结婚;如果难以忍受,互相磨合之后依然无果,那就再别留恋。

"果果,你只是暂时离开了爸爸,不是没有爸爸。妈妈呢……努力,努力还你一个爸爸。"

"嗯。妈妈加油!"果果高兴了,她在林慕雪的脸上使劲亲个不停。

林慕雪把她的想法告诉给郭巧娜的时候,她简直像听笑话一样,笑得前俯后仰。她用这种夸张的激烈方式表达着她内心的喜悦,她替林慕雪高兴。郭巧娜觉得林慕雪是个好女人,所有朋友中她最欣赏林慕雪,她坚强、善良、有个性、正直、仗义,人还长得如花似玉,这么一个好强的女人应该有一个好男人去疼的。林慕雪再坚强她也只是个女人,也有疲惫脆弱的时候,她现在什么都不缺,唯一缺一个疼她爱她的男人。郭巧娜之前那样苦口婆心地劝说都没有让林慕雪动容,她明白柳逸枫在她的心里阴影还未散去。现在她试着走出来了,是一件天大的喜事,郭巧娜觉得肩上的担子沉重了,她得加紧帮林慕雪物色一个好的对象,起码得比柳逸枫好上一倍,配得上林慕雪。

"大美人儿,明天中午安排时间,西餐厅不见不散,必须得来哦。大美人儿,你得收拾漂亮一点哟!"郭巧娜在电话那头怪声怪气的。

"好,知道了。"

阳光明媚,晴空万里,没有一丝云彩,太阳暖暖地照过头顶,林慕雪的心也跟着暖和起来。

林慕雪在西餐厅走了两圈,没有看到郭巧娜的影子,门口也没有她的车,林慕雪想,这个丫头一定记错时间点儿了,她在门口静静地等着郭巧娜。

"大美人儿,你怎么回事,怎么还没到? 今天怎么不守时间呢? "郭巧娜在电话那头大声地问林慕雪。

"啊! 鬼丫头,我都在门口等你半个钟头了,我怎么不守时了! 你人呢? "

"哦,这样啊,你快点进包间。"

"好吧。"

林慕雪推开包间门的那一刻她难堪之极,包间里坐着一个精干、英俊的男人。整个房间的设计充满了温馨而浪漫的气息,一看就是情侣约会的地方。林慕雪在心里责怪自己粗心,走错了地方。

"对不起,我走错了,不好意思。"林慕雪急忙转身往外走。

"哦,不,我在等你。"

"我? "林慕雪被喷了一头雾水,她怀疑自己听错了,可对面陌生男人分明是这么说的,他眼神炽热地看着她微红的脸颊。

十五

  林慕雪一直认为相亲的片段对她而言只会出现在小说和电视剧里。现代社会所谓剩男剩女所流行的相亲对于她来说是陌生的、无趣的，两个素不相识的陌生人以结婚为目标相互延伸式地考核着对方。林慕雪听身边的大龄单身女性告诉过她，社会很现实，相亲恋爱婚姻更现实，男方的经济收入是整个家庭的支柱，相亲女在经济方面的需求无论是委婉或是直接，都会有所表露，其温柔和体贴是需要男方的经济来买单的。相亲第一面，最多一杯茶就行了，不要花费太多，毕竟相亲双方是陌生人。如果满意就谈，不中意找个理由告辞，连杯茶钱都省了。思索占据了林慕雪片刻的记忆，她看着点好的套餐，精心设计布局的氛围，林慕雪不知所措，难道自己这也是相亲么？对面那个男人她一无所知，她的脚像架在了半空中，不知放在哪里最合适。走觉得她林慕雪小气，辜负了郭巧娜的一片苦心；不走，她茫然得不知如何是好。这么久，林慕雪除了工作就是孩子，还从未单独和男人独处一室，何况是个从未谋面的陌生男人，这让林慕雪陷入了无比尴尬难堪的处境。

  "小林，我等你半个钟头了，来坐吧。"那个英俊的陌生男人绅士地起身接过林慕雪的包放进储物柜里，把凳子轻轻拉离桌子，示意她坐下。

林慕雪木讷地、机械地坐在了他对面,双手不自然地玩弄着手指。

"今天这个安排可能有些冒昧,请你见谅。做个自我介绍,我叫肖羽泉,山东人,性格豪爽耿直,是做房地产开发的,在你们这个城市待了好多年了。之前在杂志上看过你的文章,才华横溢,倾慕已久,今天终于有机会和你共坐一桌,很高兴……"

林慕雪望着眼前这个男人,他不仅见过世面而且很健谈,还很会讨人喜欢。这个叫肖羽泉的陌生男人每句话都离不开赞美林慕雪,他竟然了解林慕雪的很多事,这让她很是吃惊。

林慕雪可是个不善于和男人交谈的女人,她内敛羞涩,整个饭局林慕雪都觉得浑身不自在,她很多次在心里祈祷郭巧娜突然出现,替她解围,或者来个紧急电话把她叫走……

肖羽泉的脸上满是幸福和兴奋,和林慕雪在一起吃饭对于他而言是莫大的享受。他不紧不慢地品着美食,讲着他讲不完的话。

"暖暖的城市好天气,阳光下……"林慕雪的电话铃声终于响了。她起身,是小跑着去拿包,接起电话:"好,我马上来,稍等我一下。"

"肖先生,不好意思,我有点急事得先走了,感谢你的盛情款待。"

"很急?"

"嗯。"林慕雪确定地点点头。

"那我送你吧,车在门口。"

"不用不用,我自己打的,一下就到了,拜拜!"林慕雪逃犯似的离开了西餐厅,临走时她看到肖羽泉失望和不舍的眼神一直目送她离开。

郭巧娜还是担心她自作主张的安排会遭到林慕雪的一顿臭骂，她发起脾气来郭巧娜还是害怕。所以刚刚打了个电话想询问一下情况，谁知一接电话，林慕雪都没听她说什么就十万火急地说"好，我马上就来，稍等一下"。天哪，这是要找她拼命的节奏，郭巧娜心里七上八下的。

"在哪呢？"林慕雪冷冷地带着极不愉快的心情。

"哦，大美人儿，我这会儿忙，忙着呢。"

"忙着？"

"嗯，有点忙……"郭巧娜还没想好怎么回应林慕雪的质问，只好找理由搪塞。

"你不是又忙着安排给谁家姑娘相亲吧？"

"没，没有。我自己还单着呢，还安排别人。"

"那今天给我安排的算什么？约会？"

"大美人儿，你别生气嘛。我这不也是出于好心。看你一个人，我也挺替你操心的，这不才没事前跟你打招呼……"

"呃？"林慕雪的情绪并没有好转，郭巧娜听得出来。

"大美人儿，别生气了，我对你可没有坏心，你知道的。你平心静气地听我说，每次想到你一个人风雨兼程，天塌下来也一个人顶着，一个人拼命工作，一个人带着果果，又当爹又当妈真的不容易。有时候，要是一阵子不见面，会突然发现你又瘦了，我就知道你一定经历了一段艰辛的日子，咬着牙，含着泪，一步一步往前走，我知道你很坚强，很多别人做不到的事你都挺过来了。但你毕竟是个女人，我多希望你身边有一个疼你、爱你的男人。他能分担你的艰辛，理解你的不易，让你像个幸福的女人一样完美轻松地活着。"郭巧娜有点难过地说,"我有时候一想到你既钦佩又难过。我只想用我的方式,努力地去帮你。有时候,你太固执,如果你拒绝,不接受,我就迷茫得不知所措。自从柳逸枫走了,你就给自己建了一个牢笼,把自己关了起来,甚少接触异性。你这样永远没有机会走出去,别人也没有机会走进来。大美人儿,人生短暂,余生很长,你怎能如此苛刻地对待自己?我想了很久,只能用我自己的方式去帮你……"

"我知道你会不高兴,会责骂我。不过没事,只要你过得好,我就开心,你不高兴就骂我吧!"郭巧娜的话一字一句发自肺腑。

"傻丫头,我再怎么不高兴也不会不知好歹吧。不过巧巧,下次能不能别做这么突然的事。你知道我古板,简单,适应不了快节奏。"

"好,听你的,听你的!你在哪儿大美人儿,我去找你吧。"

"不忙了?"

"忙完了。"郭巧娜自己忍不住哈哈大笑起来。

不一会儿,郭巧娜的车就停到了林慕雪身边,"大美人儿,上车,带你去兜风,把你肚子里的怨气刮走。"

林慕雪和郭巧娜沿着河边的走廊悠闲地走着。河边的风肆意吹着她们的头发,不带一丝灰尘,洁净而清爽,没有一点躁动,宁静而又安详,宛若一首绮丽的小诗。林慕雪尤其喜欢在夏日的雨后沐着风儿散步时的感受,踏一径小路,悠然地迈着步子,两边的草坪湿漉漉的,散发着淡淡的清香。仰首天空,铅灰色的云朵悠悠地随风飘动,偶尔驻足观望,竟不知道是人在走还是云在走……

"大美人儿,我诺诺地问一句,怎么样?"郭巧娜神秘兮兮地问。

"什么？"

"人啊！"

"人？"

"大爷的，别和我打马虎。肖羽泉怎么样？"郭巧娜一下急了。

"他？"

"啊。就他，怎么样？"

"嗯。就那样，挺绅士的。"林慕雪不痛不痒地说着。

"大美人儿，你能认真点不？"

"我和他一点都不熟，第一次见面不知所措，逃都来不及，哪还有心思去仔细研究他！巧巧，你还不知道我？"

"也是。"郭巧娜一本正经地说，"大美人儿，这个主可不错，我帮你摸过底了，正人君子一个，帅哥一枚，勤奋上进，为人豪爽、正直，事业有成。最主要他一直对你有倾慕之情，之前没有机会，这回你俩刚刚好，可得把握住，好好珍惜哦。"

"八字还没一撇呢！"

"有的事情是需要争取的，一撇，两撇，你不去勾画，它自己能写进你的人生里去？大美人儿，你能负责任地为自己的终身大事投入一点时间和经历吗？别总是那么高冷，谁敢接近你？明明挺温柔一女人，非得扮张母老虎的脸。"

"一切交给时间吧。"林慕雪淡淡的一句，让郭巧娜一时语塞了。

十六

生活就像烹饪一道美食,稍微加一点佐料,味道就完全不一样了,肖羽泉出现在林慕雪的生活里,日子逐渐不一样了起来,心情也明朗了不少,那些迷失的喜悦、甜蜜又一点一点从心底里爬了出来,充满了惊喜。

大雨像倾倒的水似的,肉眼已看不到对面,哗哗地响着。眼前白亮亮的一片,一会儿,地面上的小水坑里就出现了小泡泡。雨下在地上,像演奏的一场音乐。雨越下越大,闪电和雷声不停地伴奏着,耀人眼目,又震耳欲聋,外面的花草树木惊慌失措地颤栗。街上,偶尔有一两个行人像逃窜的老鼠,又失魂落魄在雨幕中消失。林慕雪依窗靠着,心烦意乱地听着窗外的雨声。

林慕雪本是喜欢雨的。小雨看着让人舒心、怡情,有时候,雨又像林慕雪一样忧伤、缠绵。但她不喜欢这样的暴雨。

"慕雪,你这会儿在工作室吗?"屈莹的声音低沉而忧伤,像这窗外的雨,她仿佛心里滴着血,眼里淌着泪。

"莹莹,我在呢。"

"那我过来一趟。"

"现在？莹莹,这会儿雨太大了……"

"没事儿。"林慕雪的话还没说完,屈莹已经挂断了电话。林慕雪清楚,她骨子里的那股倔强和林慕雪不差上下。

"莹莹,都湿成这样儿了。"通过电话不久,屈莹就跌跌撞撞出现在了林慕雪面前,林慕雪忙着拿毛巾、吹风机帮屈莹打理身上湿漉漉的雨水,她的头上、身上不停往下淌着水,脸色苍白。

"莹莹,去泡个热水澡,把我的衣服换上,水给你放好了。不然这一身湿气对身体可不好。"林慕雪拉着屈莹进了泡浴间。

细心的林慕雪在浴缸里撒下了许多玫瑰花,玫瑰花很鲜艳,红中泛白,呈胭脂色,像美丽女人娇俏的脸。

望着飘散在水面的花瓣,屈莹的嘴唇紧咬着,她想到了秋天,处处萧瑟凄凉,那是玫瑰离别前的奏乐。玫瑰的花瓣由红转黄,那是它离别时的挣扎。春天它经风沐雨在大地诞生。如今,它必须悄然离去。于是,玫瑰花瓣随着无情的秋风飘然而下,在半道上打着旋儿,一片片地飘落,去感受飞翔的眩晕,最后平稳地落到土地中,自始至终,它散发着迷人的清香。这也许就是玫瑰,拥有着满腔的热血与激情。在真情中诞生,在真情中离去,付出自己去渲染别人……这一缸的清水多了玫瑰就有了情调,有了芳香。

"莹莹,想什么呢?下去呀,一会儿水凉了。"林慕雪温柔地帮屈莹脱去外衣,催促她进浴缸。

"好。"屈莹的声音悠远飘忽,冰冷得像寒冬的北风刮过。

"莹莹,你躺着,嗅嗅这玫瑰的花味儿。我给你讲讲,这可是个好东西。"

"泡浴呢,加点玫瑰,可以缓和情绪,平衡内分泌,并可消除疲劳,改善体质。玫瑰花的味道清香淡雅,能令人缓和情绪,纾解抑郁,有养心安神之效。对女人,好处多多,我们工作室的姐姐可喜欢这个项目。这可是我珍藏的上好玫瑰,自己用的,给你分享一下。"

"谢谢!"屈莹挤出苦涩的一抹微笑。

"我给你说,在泡浴里加了玫瑰,可以安神,舒经活络,调节肝脏功能,促进血液循环,令你肌肤净白、自然、水嫩。中医里认为,玫瑰花味甘微苦,性温,最为明显的功效就是理气解郁、活血散瘀和调经止痛。此外,玫瑰花的药性非常温和,能够温养人的心肝血脉,纾解体内郁气,起到镇静安抚、抗抑郁的功效。现在人的生活,工作压力越来越大,喝点玫瑰花有助于安抚、稳定情绪,莹莹,你安安静静泡个澡,我去给你泡杯玫瑰花茶,一会儿沐浴出来尝尝我的花茶手艺。"

"好。"

林慕雪取出适量的干玫瑰花、枸杞、大枣、冰糖分别放在四个漂亮的小碗里,她将大枣冲洗干净,去核切成小丁,然后将冰糖和枸杞放在茶壶底部。林慕雪从盒子里取出漂亮精致的茶碗,将玫瑰先用温开水泡开,再将玫瑰、大枣、枸杞放在茶碗里,然后倒上沸腾的开水冲泡,她的动作娴熟而优雅,细心而专注。

浸在碗里的花茶,清香四漫,沉淀,是时光的颜色和味道。屈莹捧起林慕雪为她精心泡制的玫瑰花茶,一股暖流涌动着全身,那美丽的茶色如同林慕雪的善良,花颜月貌般地闪烁着耀眼的光环,浸入心扉的清甜是姐妹的味道,入骨入髓,久久不曾散去。

"味道怎么样?"林慕雪关切地问道。

"很好,是我喝过最好的花茶。你的高级 VIP 才有这待遇吧？要你亲手调理。"屈莹的情绪比刚进来,平稳了很多。

"嗯,你可比高级 VIP 尊贵多了。"

"谢谢你,慕雪。"

"跟我客气。"

"慕雪……"屈莹想说什么,一时竟不知从何说起,她的嘴唇微微抖动着,似乎脑子里一时短路了。

"没事,莹莹,有什么事你说,我当你最忠实的听众。我会替你封存秘密,听完我会让它烂在肚子里。"看林慕雪脸上诚恳的表情和语调上发自内心的关怀,屈莹松了口气,她从高度紧张中放松了精神。

"慕雪,我有件事只想跟你说说。"屈莹的眼里是失望、难过、模糊不清的忧伤,复杂得像萧瑟的晚秋又像严寒的冬风。她看了林慕雪许久,才说,"最近发生了太多事,到现在闭上眼睛我都无法相信会发生在我身上。可生活就是这样,一不小心就把你摔得面目全非。你愿意也好,不愿意也罢,生活不听你的。有的事情来了,注定要发生在你身上。那一瞬间,你的智商清零了,脑子短路了,神不知鬼不觉就迈出了步子。没有谢幕之前,无论你演的角色多么痛苦、难堪,既已入戏,就得熬到结尾。"

"莹莹,一切都会过去的。该来的总会来,逃也逃不掉,这就是命运。"

"慕雪,我最近一直很纠结,一度很无助。我不知道我的错、我的苦,该向谁倾诉,父母年迈我怎么忍心让他们再度操劳。朋友、姐妹各有各的事,谁有闲心为我操劳。旁人怎能听得懂我的心事,只能更多地当作俗世的笑话。自从在我身上发生了不该发生的故事,我发现好多朋友竟和我疏远了,也许是我的心理作用……郭巧娜很久都没有理我了,我知道她们在心里骂我,看不起我……"

"怎么会。"林慕雪轻轻用手擦去屈莹脸上的泪,"莹莹,你想多了,大家永远都是姐妹,可能最近都挺忙的。姐妹之间没有谁看不起谁,只有谁更心疼谁。"

"慕雪,有幸今生认识你真好。不管你自己过得怎样辛苦,你永远都会给别人灿烂的笑容、暖暖的温馨。细心的开导,总能把迷茫的人拉上岸。"

"莹莹,我相信有黑夜就有阳光,只要你熬过了夜晚,就会看到美好的明天。"

"慕雪,你帮我振作起来吧。"

"好。"

"谢谢你。"屈莹扑倒在林慕雪的怀里,哭得像个泪人。

"莹莹,难过了就大声哭一场吧,让眼泪冲走心里的忧伤。哭完了抬起头,擦干眼泪,对自己说,一切都会成为记忆,都会过去,给自己一个浅浅的微笑,向前迈开一步,我们行走在路上,生活还得继续。"

"莹莹,只要我们学会了坚强,就能把痛苦的昨天深深地埋藏,时光一去不复返,总会把它淡忘。"林慕雪的眼神像冬日里的暖阳,暖暖地照进了屈莹的心里。

"慕雪,我和卢浩的感情出问题了,我们的爱情、婚姻,都输给了生活,输给了时光。"

"怀孕期间卢浩和我分居,我的心里开始怀疑我们的爱情到底有多

深的根基,不断的吵架使根基开始动摇,吵得最激烈的时候是你和郭巧娜努力劝说,我才和他和好如初。"屈莹的眼里空洞得没有一丝光彩。

"生完孩子,他的生活习惯依旧怪癖,他竟然习惯了客厅沙发。在一个女人的直觉和本能的不断猜忌、怀疑下,我们交替着冷战与争吵。最终,他烦了,我也累了,我们之间淡了。一吵架他就摔门而出,自己一个人住酒店,半个月、一个月都不回来。回来了,我们接着吵。后来,他不走了,可我想走了,我带着孩子吃住在服装店里,有苦难言……整整半年,我就这么痛苦着、挣扎着。"

"我竟然不知道你们之间发生了这么多事。对不起,是我对你关心不够。"林慕雪歉意地看着屈莹,她确实不知道屈莹和卢浩之间的关系一度紧张到如此地步。

"所谓家丑不外扬。谁能把自家的丑事拿出来晒,去换一些同情或更多的讥讽? 生活是自导自演的小剧,别期望能有多高的收视率。"

"莹莹,是我们作为朋友或姐妹的最近失职了,对不起。"

"慕雪,你对我们已经尽职尽责了,是我自己把路走错了。自从和卢浩感情渐淡了以后,我的情绪一度低落,服装店的生意也一落千丈。我每天哭,每天哭,对生活充满了绝望……"

屈莹的脸上浮出一抹淡淡的微笑,洋溢着遮藏不住的幸福,"那个时候,他出现在了我的生活里,每天早上叮嘱我按时吃早饭,再晚都会说晚安。大小节日都会送精美的礼物,隔三岔五就会开车带我去享受不一样的生活。在海边,起风了,他会脱下外套披在我的肩上,走在街上,他会突然蹲下来在人群里替我系鞋带,走到哪里他都会和我十指紧扣。他开朗、帅气、阳光，是我在梦里梦到很多次看不清脸的人……他是我寂寞、空虚生活里直射进来的一道阳光，我迅速被他的强大磁场吸引了过去，无法抗拒。他的浪漫、柔情，恰到好处地弥补了我爱情生活里的空白，我幸福地满足地上了他的船，而忘了开船的人是谁！

"有了他的日子我不再空虚和忧伤，也许因为幸福太满，一时挤走了忧伤。我的生活里有了他很快忘记了卢浩，对卢浩可以视而不见，忽略他的存在，也就不再生气，不哭，不闹了。后来我明白这是最坏的现象，婚姻致命的伤。

"和他交往半个月后，我们零距离接触了。他说是为了两个人感情升华，两颗心靠得更近！荷尔蒙是最诚实的，我不得不承认，我爱上了他……虽然他有家。我知道自己错了，却无法自拔……

"我们不停地约会，换着花样享受属于我们的所谓爱情里的浪漫。吃美食，看电影，旅游……疯狂地燃烧着未尽的激情。"屈莹脸上的光突然暗淡了下去，余晖散尽，一层阴郁的忧伤爬满了整张脸。

"时间是检验爱情的试金石，有些人会在嘴上说着各种爱，但内心往往是凉薄的。因为他们会在最短时间里爆发出全部的爱，所以一时都会让人觉得很幸福，但始终不长久……"屈莹的眼里起了一层水雾，"当我开始习惯这一切幸福还沉醉未醒的时候，天已经亮了。他做完了他该做的事，渐行渐远了。我才突然想起他有家，有孩子，他照常回家了，可我怎么还回得去……"一阵长时间的沉默伴着屈莹的抽泣。

"他不再准时热情地给我打电话，不再亲昵温柔地叫我'宝贝儿'，不再担心我是否吃了早餐，不再说晚安。我是个宁可苦苦等待也不会主动的人，在自己给自己的期望里漫长等待。寒夜漫漫，我又回到了以泪洗面的寂寞里。

"我们已经很久不联系了，我想，他回家了，他应该是疼爱他妻子多一点。直到有一天，我亲眼看见他搂着别的女孩儿去了我们常去的酒店，我才恍然大悟，明白了我只是他的习惯，只是他穿过的衣裳……我开始恨他，更恨自己瞎了眼，一时糊涂。内心的波涛汹涌让我夜夜失眠，我快把自己折磨疯了。

"卢浩又开始拼命地悔改，千方百计对我好，讨我欢心。可是，我已经不是当初那个纯洁的屈莹了，我犯了无法弥补的错，我开始觉得我对不起卢浩，他是爱我在乎我的。可是，等我想明白这些的时候，我已经没有资格心安理得享受他的爱了。内心的挣扎终日不停……"

"莹莹，凡事都要想开，今天的坎儿过不去，明天过不去，还有后天呢。既然时间能磨平棱角，水滴石穿，那还有什么理由不能冲淡一切呢？既然是个错误，何不早日放下，淡忘风尘？有卢浩对你不离不弃就是最大的幸福，虽然平凡。只要有爱，我相信终有一天你们能释怀，能吵这么久而不散的，必定是感情根基牢固，那是你们用心一点一滴累积起来的。莹莹，无论你做过什么，都可以忘记，但一定要学会珍惜眼前，学会分辨哪一段才是你最想要的时光。"

"我还有资格珍惜吗？"屈莹一脸亮晶晶的泪。

"可以。你一定可以！卢浩他这么费尽心思地讨你欢心，这么诚恳的改变，就是你有资格最好的证明。"林慕雪看着屈莹的目光是肯定的、鼓励的、温暖的。

屈莹紧紧地抱住林慕雪，暖暖地，她的眼前又浮现出卢浩憨厚的笑脸。

十七

有人说，年轻真好，可以超越时间，追逐梦想；有人说，恋爱真好，可以义无反顾，不理后果；但我说，活着真好，因为可以为所欲为。看着小说中的句子，林慕雪的心被触动了，这一路走到现在，真的感觉，活着，真好！因为活着，她可以看着果果一天天地长大，感受作为母亲陪伴女儿成长的幸福；因为活着，她的事业越做越大，已成规模，不仅收获了金钱还收获了友谊和信任；因为活着，她可以陪家人、朋友走很长、很长的路；因为活着，林慕雪的桃花枝头俏，爱情在渐渐向她靠近，这一切的美好就像太阳，金灿灿、暖洋洋，比起那些痛苦和忧伤，已经更加耀眼、璀璨。

"慕雪，你吃早饭了吗？"肖羽泉七点钟准时给林慕雪发微信，他听郭巧娜详细地说过林慕雪的作息时间，每天这个时候，林慕雪已经送完果果在回家的路上了。

"还没呢。"林慕雪随口说。

"吃什么？我给你送过来。"肖羽泉发出一个害羞的笑脸。

"不用，我没有吃早餐的习惯。"

"那可不行。早餐不吃对身体可不好。我听一个医生给我讲过，不吃早餐的危害大着呢：容易发胖，容易贫血、营养不良，容易使女性肤色呈现灰白或蜡黄，影响容貌；加速衰老——不吃早餐人体只能动用体内储存的糖原和蛋白质，久而久之会导致皮肤干燥、起皱，加速衰老；易引起便秘——如果经常不吃早餐，胃结肠反射的动作会逐渐减弱，最后引起便秘；营养不均衡，抵抗力低；易患胆结石；易患消化道疾病——不吃早餐影响胃酸分泌和胆汁排出，这样就会减弱消化系统的功能，诱发胃炎、胃溃疡、胆结石等消化系统的疾病；影响学习和工作能力——大脑运转需要调用血液中的葡萄糖，即血糖，这也是大脑能够利用的唯一的能源储备。如果不吃早餐或早餐营养不足，血糖水平就会相对降低，从而不能及时为神经系统的正常工作输送充足的能源物质；加大患慢性病的几率；易发心肌梗塞……慕雪，你看看有多可怕，今天我给你普及了知识，也从此监督你以后按时吃早餐。"一个调皮的笑脸。

林慕雪回了一个微笑："谢谢。"她在心里挺佩服肖羽泉的耐心，一个男人能快速打出那么一长串的文字，不得不欣赏他思维的敏捷。

"你喜欢豆浆、煎饼，不加海带，不要太辣。我一会给你送过来，十分钟左右就到你们那。"

"不用……"林慕雪知道，一定是肖羽泉刚刚打电话给郭巧娜了，把自己的饮食习惯了解得那么清楚。

信息再没有响起，肖羽泉开车在早餐街上穿梭着，他哼着小曲儿，脸上开着幸福的花儿，嘴角时不时划出满满的弧线。

"咚咚咚。"林慕雪前脚刚到家，后脚门就响了。推开门的一刹那，林慕雪看见肖羽泉笑嘻嘻地站在门口，手上提着热气腾腾的豆浆和煎饼，她斜眼看了一下腕上的表，整整十分钟，这一刻她觉得肖羽泉是个值得信任的人。他守时,说话算数。

"快趁热吃,凉了就不好吃了。"肖羽泉的声音温柔得像在对孩子讲话,他把干净的吸管插进杯子里,把煎饼整齐地放进盘子里,把餐厅的凳子摆正,伸手示意林慕雪快坐下来享用。林慕雪第一次深深感触到一个男人的用心细腻如此。

"我去上班了。一会儿闲了联系,有事微我。祝你新的一天在美好中度过。"看着林慕雪吃完,肖羽泉迅速收拾干净了餐桌上的盘子、一次性杯子,然后温柔地满脸微笑地和林慕雪告别。

站在阳台上望着肖羽泉离开的背影,林慕雪的心里竟有一种莫名的留恋,她会心跳加速,当看见肖羽泉的时候,这种自然的本能反应连她自己都觉得吃惊。和柳逸枫从恋爱到结婚六七年那么漫长的日子,她从来没有过心如撞鹿的惊喜,那些小说里描写的人物心理竟走进了她的现实生活,她不敢相信她还能遇见如此让她心动的人。

一切还早呢!任何事情都不能过早地下定论,时间会给你最好的答案。林慕雪深吸了一口气,开始新的一天工作。今天阳光明媚,林慕雪的心情格外明朗。

"今天工作室忙吗?"下班刚到家,肖羽泉的电话就打了过来。

"还好。"

"别太累了。钱是挣不完的,人最大的财富就是自己的身体,一个女人别太拼,有份工作不枯燥乏味就行了。我觉得你平时忙起来太忘我,听郭巧娜说你总是把别人照顾得很好,就是时常忘记了还有自己需要用心照顾。我个人建议你还是得留给自己一些关怀,毕竟生活不易,自己也是个柔弱的女子。"电话那头肖羽泉的声音带着男性特有的磁性,形成了一种强大的磁场,他字里行间的关爱、心疼流露得淋漓尽致,林慕雪的心里暖暖的,有一种幸福溢满心间。

"谢谢你的建议。我热爱我的工作,忙起来常常会忘记周围的一些小事,更多时候是记不起来要为自己做些什么。"

"你的大爱都给别人了,可怜了自己。慕雪,就是别人对你再贴心,他也有顾不上你的时候,每个人都有自己独立的一面,他们有自己要忙碌的事情,所以人必须要学会照顾好自己。"

"嗯。道理是对的。谢谢。"林慕雪的心里一直在升温。

"以后要是忙得顾不上自己,饿了或者别的什么事情都可以叫我一声,我可以尽力而为,乐意恭候待命。其实说句实在的,一个女人再要强也有柔弱的一面,还是需要有一个男人在身边照顾的。"肖羽泉说得很诚心。

"谢谢。"林慕雪怕肖羽泉再继续往下说,她不知道怎么回答,会陷入尴尬境地,两人都会难堪,匆忙说,"时候不早了,我明天早上约了客户,得早点休息,不然明天状态不好。你也早点休息。"

"好吧。晚安,好梦。"肖羽泉等林慕雪挂了电话他才有些不舍地挂断。

爱情真的是个很奇妙的东西,具有无穷的魔力,让人为之着迷。当你走近它时才发现喜悦中混杂着忧虑。遇到你真正爱的人时,要努力争取和他相伴一生的机会,因为当他离去时,一切都来不及了;遇到可以相信的朋友时,要好好和他相处下去,因为在人的一生中,可遇到知己真的不易;遇到曾经爱过的人时,记得微笑地感激他,因为他是曾经让你更懂爱的人。林慕雪失眠了,她的脑海里忽而闪过肖羽泉的影子,忽而是郭巧娜的嬉笑,忽而出现柳逸枫模糊的脸……

"慕雪,起来了吗? 今天几点去工作室,记得吃早餐。"林慕雪洗漱完毕,刚准备出门,肖羽泉的电话打了过来。

"正准备过去呢,我知道了,谢谢。"因为晚上一夜没睡好,林慕雪有点上火,嗓子说话干涩、沙哑,像是感冒了。

"慕雪,怎么嗓子不舒服? 没有休息好还是感冒了?"细心的肖羽泉关切地问。

"没事。昨天睡得有点晚,一会儿多喝点水就不碍事了。"

"慕雪,你先去工作室,不用吃早餐了,十分钟后我给你送过来。"

"不用,我自己……"

"好,就这样,听话。你先过去,十分钟后见。"肖羽泉打断了林慕雪的话,说完他的意思就挂断了电话。

林慕雪的心里一阵紧似一阵,砰砰乱跳个不停,她紧张,欣喜,慌乱并幸福着。

刚好十分钟后,林慕雪的门铃响了,肖羽泉一脸灿烂的笑,左手提着热乎乎的冰糖雪梨,右手拿着刚出笼的汤包,腋下夹着一瓶未开封的菊花茶。

"你早上不忙?"林慕雪的开场白自己都觉得低智商。

"再忙也不能不管你呀,心里放不下。"肖羽泉满脸堆着幸福的笑。

"谢谢。"林慕雪感觉自己的脸上浮起一片红晕。

"这家汤包味道很好。郭巧娜说这家是你最爱吃的,就是人多,排了很长的队。吃完喝点雪梨润嗓子,这瓶菊花中午泡水喝,能祛火,记得泡久一点。"肖羽泉一边叮嘱一边说,"早上公司有个会,时间有点

紧,我得先走了,你自己慢慢吃。"

"好,路上慢点。"林慕雪像被捧在手心里的孩子,这突如其来的温暖让她欣喜而惊慌。林慕雪又想起了朋友圈里的一则说说:选男人,还是选个疼你的好。爱,原本就是个挺虚的词儿。它不只是简单的形而上,更是一些实实在在的呵护。爱一个人,得给对方一些看得见、摸得着的在乎。一万句柔情蜜意,不如一句"放着,我来"。她望着肖羽泉的背影眼前一片迷雾——他会是那个走进我生活、疼我的人吗?她想到了小说中的细节,男人对待爱情,总是三分钟热度,肖羽泉的关爱会持久吗?

轻风细雨,时光交错,无论我如何任性,如何固执,如何野蛮霸道,你依旧带着温暖的笑容应对我,不温不火,不傲不躁,用柔情似水的语气与我进行心灵交流,那般温和、贴心。如若,我不是我,你是否笑靥依旧?如若你不是你,我是否会拂袖而去?正因如此,我们相遇便注定有火花,绚丽耀眼。林慕雪的思绪飘出了很远,仿佛看见了春天的勃勃生机,万物复苏;看见了秋天的落叶飘零,萧瑟凄凉;一时又置身于冬天的皑皑雪原。她想着书中的文字、段落,想着身边的女人们,幸福的、不幸的、恋爱的、离婚的……

"慕雪,嗓子好点了吗?菊花茶喝着没?"肖羽泉的微信响了。

"好多了。"

"菊花苦了多放点冰糖,我刚开完会。"肖羽泉发过来一张俏皮的笑脸。

"辛苦了,谢谢你的菊花。"林慕雪也回了一个吐着舌头的俏皮笑脸。

"谢什么菊花,应该谢谢我的心意才对。"肖羽泉发来一个害羞的笑脸。

"呵呵。"林慕雪回了一个浅浅的微笑。

"慕雪,下午不忙的话,咱们去打球吧。听郭巧娜说你的工作久坐对颈椎不好,多打羽毛球对你的身体有好处,我下午刚好不忙。"

"我打得不好,很久没打了,生疏。"

"没事,不会我可以教你。请允许我霸道地做一次主吧,下午不见不散,你下班我去接你。"肖羽泉一连发了自豪、偷笑、俏皮好几张笑脸。

好一会儿,林慕雪回了一个浅浅的微笑,然后看着手机的聊天记录,脸上情不自禁地露出笑容。

"巧巧,下午忙吗,一起去打羽毛球?"

"大美人儿,我走不开,下午公司有会,我有舞蹈表演。打羽毛球好,打羽毛球对女人身材好,打羽毛球可以愉悦人心,当肉体和心灵都得到满足时,人就会健康快乐,这样的女人才是男人需要的好伴侣。"郭巧娜说话带着笑声。

"扯哪去了。"

"大美人儿,你也该放松放松了,玩儿得愉快。"

"好吧,等你忙完再约。"林慕雪刚挂了郭巧娜的电话,肖羽泉的车已经在楼下按喇叭了,他一向是个准时的人。

林慕雪穿着红色的运动装、白色的球鞋,戴着鸭舌帽,年轻而活力,她的甜美中多了几分动态,更加让肖羽泉眼前一亮。肖羽泉打开车门,彬彬有礼地把林慕雪迎上了车。

林慕雪一眼看见车后座上放着一对崭新的球拍,看来肖羽泉是不

经常打球的,今天特意为了约她。林慕雪的心里有一点感动,有一点紧张,她知道肖羽泉对她的用心,可是她现在还没有充分准备好,在心里的某个地方放下他。佛说因为有缘才能相见,今生见面的人冥冥中上天自有安排,给自己一次机会,也许会有不一样的故事。一切交给时间吧……

"慕雪,想什么呢,那么出神?"细心的肖羽泉捕捉到了林慕雪细微的神情。

"哦,没。我想今天店里的一点事。"

"今天暂时放下工作吧,生活有时候需要轻装上阵,今天只有你和我,咱们痛痛快快地打一场球吧。"肖羽泉期待地看着林慕雪。

"好!"

"那咱俩比试比试,看谁技高一筹。"

"好,拭目以待。"林慕雪毫不示弱。

肖羽泉先发球,羽毛球飞到林慕雪的头上,林慕雪又把它打回去,只见羽毛球在肖羽泉和林慕雪之间飞来飞去。可是,好景不长,打着打着,肖羽泉打了个非常高的球,林慕雪心说她可不是好欺负的。她抓住机会一扣,球过去了,这时肖羽泉又来了个低球,林慕雪没接住,乖乖地丢了一球。差距越来越大,怎么办呢?肖羽泉笑呵呵地说:"你还是投降吧。"林慕雪回应说:"士可杀不可辱,想让我投降,不可能。"林慕雪心说,第一次和肖羽泉打球可不能丢了面子,得争一口气,不能让他看扁了我这个弱女子。她来了个调虎离山之计,往左面打了一个球,肖羽泉接住了,林慕雪又以迅雷不及掩耳之势将球杀向右侧,肖羽泉没接到,一时目瞪口呆,林慕雪呵呵笑了起来,就连在一旁的几位观战者都给林慕雪鼓起掌来。肖羽泉和林慕雪的战斗越来越激烈,林慕雪越战越勇,最后以 21:19 拿下这局。

"慕雪,没想到你这么厉害!"

"呵呵,承让了。"

肖羽泉递来一条毛巾:"擦擦吧,额头上都是汗。"

"好。"

肖羽泉近距离地站在林慕雪的身旁,可以听到她的心跳,他认真地端详起林慕雪,一双漆黑清澈的大眼睛,柔软饱满的红唇,娇俏玲珑的小瑶鼻秀秀气气地生长在美丽清纯、文静典雅的桃腮上,再加上细滑的香腮,吹弹可破的肌肤,活脱脱一个国色天香的绝代美人。这么美的一个女人,应该有一个懂得怜香惜玉的男人好好疼着、爱着。肖羽泉的心里有点怨恨、遗憾,他想,要是他们两个早点相遇相识,该是一场多么温馨的邂逅。

"我送你回去吧,这个点你该回去陪果果了。"肖羽泉看看腕上的表温和地对林慕雪说,"再迟了小公主该着急了。"

"好的,谢谢。"林慕雪的心里一阵暖呼呼的热流涌过,眼前这个男人是真心对她的,他从郭巧娜那里详细地了解了她的一点一滴,她的生活习惯、作息时间,用心地温暖着她,努力地付出,他的爱从未用甜言蜜语说出来,而是用一举一动表现得淋漓尽致。

林慕雪的目光落到英俊帅气的肖羽泉身上,她犹豫了,现在的社会是一个感情泛滥的社会,爱情早已经成了快餐,有的人不求天长地久,但求曾经拥有……将来到底会怎么样,谁会去想那么远?于是爱情变成了孤独时的枕头、寂寞时的旅伴,变成了某些人实现其目的的借口,

甚至变成了金钱的奴隶……此时的爱情已经失去了美丽的光环,变得现实和世俗……这个浮躁的社会还有爱情吗?肖羽泉和自己将会走多远?时间会将他们送入怎样的故事情节中,暖暖地开始了,又将怎样结束?

"慕雪,到了。"肖羽泉说,"你怎么了?想什么呢,那么出神?"

"没,没想什么。"林慕雪不好意思地说,"可能有点累,刚刚想闭目养神一会儿就被你发现了。"

"是不是打扰到你的美梦了。"肖羽泉呵呵地笑了起来,他是个爱笑的人,笑起来更具魅力,他的笑声是林慕雪寂静生活里的一首欢乐的乐曲,悠扬而美妙,让她全身的每根神经每个细胞都跟着欢笑、兴奋!林慕雪喜欢他的笑声和俏皮的样子。

"手这么凉!"肖羽泉的手无意间碰到了林慕雪的手,因为体寒,她的手脚一向冰凉。

"没,没事。"林慕雪像触电了一样,急忙抽开手,她的脸上一阵火热,笼上一层红晕,白玉般的脸庞,醉了一抹红云,那一抹红云,衔上她的眉,掠过他的眼,在脸颊上印上一丝艳艳的红。

"慕雪,你真美!"肖羽泉的眼睛直勾勾地盯着林慕雪,他被她迷得神魂颠倒。

"我到了,我得去陪果果了,就不请你进去了。"林慕雪感觉自己的脸上一阵一阵火热的发烫,匆忙下车,冲肖羽泉摆摆手,小跑着上楼了。

十八

　　清晨,拉开窗帘,推开窗户。微风吹来,一阵清新、温润的泥土气息迎面而来,春天来得好快,悄无声息,不知不觉中,草儿绿了,枝条发芽了,遍地的野花、油菜花开得灿烂多姿,一切沐浴着春晨的曙光,在春风中摇曳、荡漾,仿佛少女的轻歌曼舞,楚楚动人。

　　肖羽泉依旧对林慕雪关怀备至,只要是林慕雪需要的,他分分秒秒就会送到林慕雪的面前,时不时地会安排个下午茶,周末电影,烛光晚餐,林慕雪在肖羽泉浓浓的爱意中幸福地开放着,她精神抖擞,每天脸上挂着笑容。

　　"大美人儿,借你点时间。"郭巧娜很久没打扰过林慕雪了,她把时间都让给了肖羽泉。

　　"你这鬼丫头,怎么说话的,突然间这么生疏? 怎么了,你说。"

　　"这个周末给你的肖帅哥请个假,我们去看一下李倩吧!"郭巧娜忧虑地说。

　　"李倩?"林慕雪的心里一沉,"她不是正在和高富帅李明浩热恋嘛,我估摸着该谈婚论嫁了,怎么,最近出什么状况了?"林慕雪突然意识到她已经很久没有关心身边的朋友了。

"大美人儿,你忙着热恋都把姐妹们疏忽了。"郭巧娜叹了口气,"家家都有本难念的经,各有各的不幸,李倩出了点状况,这阵子一直在住院,昨天给我打电话哭得稀里哗啦的。"

"这么严重?"林慕雪的心里担心了起来。

"说好了,周末去看看她。"

"好,我安排一下,周末咱们早早过去。"挂了电话,林慕雪的心早已飞到了李倩那里,她的脑海里浮现出李倩梨花带雨、我见犹怜的样子。

李倩只穿了件蕾丝吊带睡衣,像只刚睡醒的猫慵懒地蜷缩在沙发上,满屋散发着一种浓烈的中药味。大理石茶几上放着一碗黑不溜秋的汤药,气味应该就是从这儿发出的,可以想象喝下去时舌头有多苦。然而就是这种让人自讨苦吃的中药,哪怕它曾经让李倩避犹不及,如今却成了她每天不可缺少的必需品。郭巧娜和林慕雪看到李倩有种难言的心痛。

"妞,难喝就别喝了。"郭巧娜指着药碗说,"光闻这味儿都把人熏吐了,肠胃真是遭罪了,天天喝这药还吃得下去饭么? 看看你,现在全身都散发着一股子药味。"

李倩的眼神迷离着忧伤:"不喝怎么办! 不付出怎么办,不调理身体怎么生得出孩子,拿什么维持我的爱情,稳固我的婚姻!"

"女人天生就他妈是生孩子的机器?!"

郭巧娜愤怒地说,"不生孩子就没有爱情和婚姻了,这混蛋社会什么狗屁歪理!"

"倩倩,调调身体也好,你天生体寒不易怀孕,再说你这药里有好多

116

补气血的，对女人也是有好处的，养身体也养颜。"林慕雪拉着李倩冰凉的手，安慰道，"熬熬就过去了。"

郭巧娜见李倩那一脸的忧伤，竟眼泪也止不住了，心里无比难过，她觉得做个女人真的不容易，找个长得帅的、条件好的，要守住太难了，李倩现在的付出让她心里一阵阵针扎。她扭过头，背对着李倩说："有什么大不了，慕雪说得对，咬咬牙不就过去了，没准儿这段时光过去了，你就练成汉子了。想想你的那位高富帅李明浩也就知足了。"

"我坚持喝了几个月的中药，每喝一碗，生活也就多了一份苦涩。但我也从这苦涩中收获了最终的快乐——李明浩说他一定要和我结婚，今生只爱我一个人。也多亏了这一份苦涩，若没有它，我拿什么去换最后的那一份甜蜜幸福呢？我想不必去抱怨，生活中的苦是需要的，受得了这份苦，最终就可以换取甜。"李倩的脸上渐渐展露出幸福的微笑。她的每一字每一句话都像刀一样扎着林慕雪和郭巧娜的心，她们暗自祈祷李明浩不要辜负了这个单纯、痴情的姑娘。

"慕雪，最近我一个人常常在想，时间流逝了，匆匆地流逝了，走得无影无踪，就像荷叶上的露珠滑落到水里的瞬间，那么短暂倏忽。日月如梭，抹去我的青春岁月，却只留下一条伤痕！"李倩的眼里装满了泪水，软声细语，"昨日的繁华与辛酸都已随逝去的青春被带向深海，就连我们留在沙滩上的脚印也已被时间的浪潮冲刷殆尽，只剩下细小的沙粒，包藏着说不尽的哀伤，可惜没有人懂。"

李倩望着雾蒙蒙的窗外，"最近常常想起我的初恋，我的那些风花雪月的故事，那些阳光的、帅气的、爱我的，我们在青春的花样年华里肆意地疯狂着，那些浪漫的场景，温馨的画面，那些熟悉的脸……时光把好的不好的统统储进记忆里,我们在成熟中逐渐走向自己今生稳定的生活,我们在不知不觉中到了经不起折腾等待的年纪,我们惊慌地用心地努力去珍惜,去守住身边的人,去维持我们的爱情……"

"当明天变成了今天,今天变成了昨天,最后成为记忆里不再重复的某一天,我们突然发现自己在不知不觉中已被时间推着向前走,这不是静止在火车里,与相邻的列车交错时,仿佛自己在前进的错觉,而是我们真实地在成长,在这件事里成了另一个自己。"李倩说得那样伤感,有种秋风扫落叶的凄凉,爱情仿佛是一剂毒药,把一个活泼自信的李倩活生生逼到了人生死角。

"曾经我们都以为自己可以为爱情死,其实爱情死不了人,它只会在最痛的地方扎一针,然后我们欲哭无泪,我们辗转反侧,我们自炼成钢。你不是风儿,我也不是沙,再缠绵也到不了天涯。"郭巧娜拍着李倩的肩膀,"姐,还未到世界末日,何必哭哭啼啼伤感成这样,过去的和将来的,有人爱你就是幸福,有些路走过了就是风景,有些错犯了就是经验,该翻的就翻过去,人不能为了昨天的错折磨得今天也不得安生吧?有时候别对自己太苛刻,明明好了的伤疤非得去残忍地揭开,看到它流血自己心痛。"

"倩倩,我觉得巧巧说得在理,过去的就别想了,我们都回不去了,也无法挽回那些年犯过的错。你现在有李明浩这么优秀的人陪你度过余生是多少女孩梦寐以求的,我们都替你高兴。你不是一直都想找李明浩这样的人共同走进婚姻的殿堂,结束你的单身生活?现在终于如你所愿了,你马上就可以如愿以偿了,你应该高兴才是倩倩。我知道这一路走来你也很辛苦,爱情这东西就是一边笑着,一边让人哭着。"

"慕雪,你知道吗?我爱李明浩,现在不仅仅是因为他是别人眼中的高富帅。自从有了他,我变得充满活力;自从有了他,我改变了生活方式;自从有了他,我的生活更加精彩;自从有了他,我每天都面带笑容。以前别人说爱我,我可以不屑一顾,头也不回地把他甩在身后,因为我不爱。现在李明浩不在,我一整晚都会失眠,听到他的声音,我感觉冬天的风都是热的。看见他冲我笑,我感觉整颗心都在跳,没有他的日子我将坠入无边的黑暗。"李倩深深叹了一口气说,"他说他一定会娶我回家。他和他的家人谈判了好几次,他爸爸是个古板的人,我看到他的脸心就会结冰,听到他的声音就会发抖。他爸爸说结婚可以,但一年之内必须让他抱孙子。不然,今天娶,明天照样可以让我滚出李家的大门!李明浩当时和他爸爸吵得很激烈,好几天都没有回公司上班。我知道他爱我,是我自己不争气。我悄悄去了医院,找妇科专家做了全面检查,医生说,因为我之前做过多次人流,很难再孕,只能加大药量调理着看。"李倩的脸上阴云密布。

郭巧娜的心突然被揪着疼,一阵一阵的,现在李倩的境遇和自己曾经的某一段痛苦记忆那么相仿,婚姻和爱情,女人得到的和失去的究竟哪个更多?爱情是美好的、幸福的,可在它向婚姻的过渡中,无形中女人比男人承受的负荷更大,所谓的美好只是身在局外的人只见花开不见花谢的表象。爱情真是一边笑着一边哭着,走走停停,新的幸福滋润旧的伤口,到了伤不起的年纪,努力着跨进婚姻,给自己一个幸福未来的设想,先画一个美丽的框,贴上幸福美满的标签,再一点点去用笑声掺杂着泪水填满空白的内容……

"倩倩,别担心,一切都会好起来的。"林慕雪轻轻擦去李倩脸上晶

莹的泪珠,"现代医学发达,你条件也不差,我们都一起想办法,帮你找最好的医生调理,你一定可以,没问题的。"

"都怪我自己太年轻,没有把握好爱情的尺度,以为有了爱的名义就要全心全意付出,没有珍惜自己的身体,一次次地伤害它,等今天我明白过来的时候已经晚了。"李倩一脸的悔恨。

"过去的都是经验,年轻就是要没心没肺地笑。单纯地以为你可以爱得天长地久、死去活来,为了他你可以做任何力所能及的事,那就是幸福,就是爱。可是,走着,走着,爱就淡了,有的人就走出了你的生活,淡出了你的视线,某年某月某日,等你想起曾经的痴傻痛得哭了,那些往事却成了昨天最凄美的童话。姑娘,抬起头看看更远的天边,那一抹夕阳明天依旧挂在天上,燃成浓浓烈焰,打起精神,露出你妩媚的笑脸,该喝药的时候喝药,该美容的时候美容,时间宝贵,别到结婚那天一脸憔悴,人老珠黄,被我这个伴娘抢了风头!"郭巧娜用俏皮的眼神挑逗着李倩。

"你个假小子还和我抢风头。"李倩嘟着小嘴。

"那可不一定!假小子怎么了?我也是风情万种、天生丽质的大美人吧!颜值可不比谁差!"郭巧娜一只手摸着自己的脸蛋,照着镜子认真地理论着。

"你们俩都是大美人!一个美得风华绝代,一个美得一笑倾城、般般入画。"林慕雪夸得李倩和郭巧娜呵呵笑了起来。

"看,笑起来多好看。美人一笑很倾城!"

"就是,女人除了哭还有笑。别总摆一张阴雨绵绵的脸,还挂上潮湿的珠子,让人心情难以愉悦。以后得改改,你身边这帅哥可是你花了

心思追到手的,可得守好了。"郭巧娜的嘴像炮弹一样轰炸得李倩瞪着两只大眼睛忽闪忽闪的。

"倩倩,那就好好地调理身体,一有时间我们就来看你,别有太多顾虑,先和李明浩好好沟通沟通,把结婚的日子早点定了你的心也就踏实了。结了婚再加紧调理调理身体,只要李明浩理解你、疼你、爱你,他父亲那边问题应该不大。"林慕雪一边安慰着李倩,一边又替她担忧,幸福和痛苦不知道哪个会先来。

"定好日子给我们说,让我当伴娘我也得提前准备准备,到时候惊艳全场你也有面子不是。你这可是豪门婚宴,我得收拾得体面些不是。"郭巧娜说的是认真的,她知道李倩嫁入李明浩的家庭面临的种种考验,作为朋友她帮不了她,但绝不能让她丢脸。

"谢谢你们,我会自己努力加油!"李倩把林慕雪和郭巧娜拥得紧紧的,三个人紧紧拥在一起,用身体的温度彼此温暖着。一些曾经看过的关于爱情的文字闪现在林慕雪的脑海里,在漫长的人生中,爱情穿透生命,与心跳连在一起,汇流成美丽、灿烂、悲伤与怀念的似水年华,这种突然间获得的历史意识与大局观就像一道闪电,将你一时间的迷茫照耀得敲打得消失殆尽,使我们可以活得更洒脱、超然,对一些事物的看法也将更加澄明。

十九

泪泪流水奔腾,淡淡幽怨缠绵,淅淅沥沥的雨声弥漫了岁月的隧道,遮住眼帘的期盼。剪不断理还乱的思绪,那哀怨的双眼,有着无奈的哀伤、岁月的沧桑,停留在此,定格此刻眼眸中的感伤,丝丝缕缕,幻化如云如雾,如水中月镜中花……

那是一个世纪里最冷的冬天,毛孔里每一个地方都是冰碴,心疼得咔嚓咔嚓,微微一碰就碎了一地,林慕雪永远记得那个清晨,那张忧郁的脸。

"您好,请问您想咨询什么项目,姐姐？"

"我,我想找林老师帮我……"

"好,那您在大厅稍等片刻,我去帮您叫她。"

林慕雪在办公室,门虚掩着,她隐约听见了顾客和店长的谈话,便放下手中的书,缓缓走了出来。

"姐姐,你好,我是林慕雪,欢迎你来到女人之家。"林慕雪笑盈盈地坐到那位女士的身边。

"你是林慕雪？"她仔细地打量着林慕雪,"你真漂亮,听大家说你懂心理学,你们女人之家帮助了很多无助的女人,我想和你聊聊天,希望你可以帮助我。"她的声音里充满了期待。

林慕雪仔细打量着眼前这个女人,她穿着价格不菲的名牌,提着LV 名包的最新款,一身富贵,可并不时尚大气,她没有女人姣好的容颜和婀娜的身姿,却满身肥肉,脸上的色斑暴露了她时常生气,肝气郁结的病况,她的眼神空洞而绝望。

"姐姐,你贵姓,我怎么称呼您?"林慕雪礼貌地问,"我们女人之家会为您备一份私密档案,方便后期更好地为您服务。"

"我叫李静,你叫我李姐就行。"看得出来女人的脾气很急躁,她说话简短而用力。

"好的李姐,希望我们可以帮到您。"

"可以给我换个单独的包间不? 这里人来人往的,说话不方便,我不想碰到熟人。"李静的脸上有些不耐烦。

"好的,您跟我来。"

林慕雪把李静带到一个布置温馨的单人间,点上了薰衣草的香薰灯。这是林慕雪特意为李静调制的精油香薰疗法,它能够有效地放松和缓解精神压力,据马里兰医学中心大学研究表明,薰衣草精油是从植物的花中提取,并用于治疗失眠、抑郁和焦虑,当人吸入香气,可以感觉平静,身心放松。

林慕雪让李静脱下外套,躺在干净整洁的美容床上,"李姐,感觉您压力挺大,最近睡眠不是很好,有些烦躁不安,易怒……"

"你怎么知道?"李静好奇地看着林慕雪。

"姐姐,我学中医的,刚已经给你做了面诊了。"林慕雪笑着说,"我简短地给您说下,在您的眉头之间是脑的反射区域,此处出现了很深的竖纹并且这个部位发红，在中医上这说明你心脑血管供血不足，头痛，神经衰弱，多梦，睡眠不良，心悸，烦躁等。您额头三分之一至发际线处有疙瘩，和面部的颜色不一样，说明您心里压力比较重，心火旺。另外您鼻梁高处有斑，肝火大，情绪不稳定……"

"这么多讲究，得，你看怎么办？给我调理调理。说多了我也不懂，太专业，听不明白，再说了别人一啰嗦我就烦了！"

"姐姐，我先给您做个头疗，疏通一下您的头部经络，有助于睡眠，配合芳香疗法有助于缓解一下您的压力。您可以完全放松，跟我说说话。这里现在只有您和我，您对我所说的一切我都会替您保密，这是职业道德，您可以敞开心扉，把内心压抑的情绪缓缓地疏散出来。"

"好。我信得过你。"

"谢谢李姐。"林慕雪专业而温柔地帮李静按压疏通着头部穴位和经络。

"小林，你这么年轻，我就这么称呼你吧。"

"好。"

"小林，我感觉我最近有得忧郁症的前兆，总是多疑，无事发呆，情绪低落，意志消沉，闷闷不乐，对人生有种绝望的感觉，简直可以说是悲痛欲绝！"李静的脸上是可怕的绝望，那样清晰，那样冰凉，有种让人瑟瑟发抖的凄凉。

"姐姐，可以说说吗？"林慕雪停下手中的动作，"每一个绝望的人都有一段不为人知的痛事，您可以说说，我帮您分析分析。如果您信得过我的话。"林慕雪说得很诚恳，她的声音柔柔的，听起来特别舒服，林慕雪就像太阳，让李静感觉暖暖的。

"唉！"李静深深叹了口气，"都不知道从何说起。"

林慕雪看到李静脸上乌云般的惆怅，她也是个有故事的女人！

"我这辈子和爱情相克，身边除了爱什么都不缺！"她的脸懒散地看着天花板，"我二十五岁嫁给了门当户对的前夫，他相貌平平，和我算不上郎才女貌倒也般配，他家和我家是世交，家境都算富裕，一切金钱上的欲望他都可以满足我，对我也算体贴、细致，是一个好男人。我们之间谈不上爱情，但可以算是相濡以沫，有他时我还是幸福的，可惜，他留给我的时间并不多，等我明白他对我的好的时候，我一点回报他的机会都没有了。"李静的脸上抽搐了一下，像心被谁猛扎了一刀。"他给了我五年半幸福的婚姻生活，之所以说幸福，是因为他一直用爱包容着我的任性，我想买什么他点头，我要去哪他陪我，甚至我说现在不想要孩子，还没玩儿够，他说等我想要的时候再说，只要我高兴。遗憾的是，等我想为他生个孩子时都已经晚了，我这辈子最对不起他的就是没为他生一儿半女……那天下着暴雨，事故现场的民警半夜把电话打到家里，说他出事了，我听梦一样惊醒了，穿着睡衣拼命地往事故现场赶，他的车被撞得变形了，地上鲜红的血迹散发着腥味，他的脸血肉模糊，手中紧攥着我们的结婚照片，手机里最后一条微信未发送出去——'静，你一定要好好地生活下去……'我再也听不到他那温暖的声音，再也看不到他扮鬼脸笨拙地逗我笑，那以后的每天，我脑海里全是他对我的好，一点一滴，我开始疯狂地想念他，后悔自己没有珍惜和他在一起的短暂时光，我总以为他会陪我无尽时光，谁知，无形中我早已挥霍完了。"李静，一个貌似坚强的女汉子，竟开始放声大哭了起来，她的肩膀一耸一耸，林慕雪的心里一抽一抽地跟着难受。她觉得眼前

125

这个女人是可怜的,上天给了她一个富裕的家境,给了她一个完美的婚姻却很快又夺走了她幸福的爱人,这算是教训她的任性,惩罚她的不懂珍惜吗?真是个悲剧。

"那段时光,我是死里逃生,差点没熬过来!我天天喝酒,听别人说可以借酒消愁,我的房子里全是酒瓶,我也是满身酒气,没有了女人样,不知道什么时候是醒,什么时候是醉,我的日子是糊涂的,现在想想我都有点后怕,最严重的是一周酒精中毒三次,要不是身边的人送去医院抢救及时,估计不会再有今天的我了。

"我身边的朋友、亲人都替我难过、焦虑,闺密劝我说,让我赶快再找一个好男人,投入到一段新的感情中,受到爱情的滋润,我就会用快乐替代忧伤,慢慢地将一切淡忘了,我也就重新活过来了。开始我狠狠地骂她没心没肺,后来她诚恳地告诉我,说可以试试,忘记了是从哪个时刻起,我开始认同她的观点,也开始试一试……

"是那次朋友的生日聚会,排场很大,身边的朋友精心把我打扮了一番,鼓励我去认识新的异性,在舞池中我认识了他——限量版的高大帅!整个人幽默、洒脱,让我眼前一亮,我有点想靠近他的冲动。那天我留了他的电话、微信……"李静的脸上有了少女般的羞涩和一抹红云。

"我们开始每天打电话,聊微信,我开始慢慢地了解他的生活、工作、家庭,原来他也是个不幸的人,听父母之命娶了他不爱的人,婚后并不幸福,他经常出差,前妻忍不了寂寞出轨了,扔下三岁儿子在大年夜和别人私奔了,他从此又当爹又当妈,一个人既工作又带孩子。那段时间有空我会试着帮他带孩子,我是个没有耐心的女人,但我愿意为了

他改变,虽然他带孩子比我细心,但我仍在努力讨他的欢心,也许因为我的执着、善良打动了他,我们的交往频繁了起来。可是我发现他对我并没有爱的冲动,我们更多的时候像朋友,我不喜欢这样的感觉,这不是我想要的,想起我的初衷,我有些难过。"

李静咬了咬嘴唇:"我记得那是个很热的夏天,他把孩子送回老家度假了,那天中午我心情很糟糕,喝了酒开车去他家,一进门我就直奔他家的酒柜,把自己喝得酩酊大醉,然后脱了衣服上了他的床,他终究还是个男人,我们有了鱼水之欢,就在那天,我怀了他的儿子。也许出于责任,他同意了和我结婚,我知道他心里是不认同我的,我们并没有爱情基础,走到一起我们更多的是因为同情和责任。从拍结婚照到婚礼,一切都迅速而简单,婚后我开始养胎,他照常工作,我们之间没有太多共同话题,我开始了唠叨、抱怨、发脾气、摔东西,我们之间的战争不断,他没有办法,把前妻生下的儿子送回了老家父母带。我仍不满足,他对我越冷淡,我越无理取闹,我大吵大闹,把我的手表、包、鞋子都从楼上往下扔,疯了一样,一开始他在楼下接着,一样不落地给我捡回来,再后来他就烦了,习以为常了,要么回避,要么不理不睬,有时候怕邻居笑话他干脆几天不回来……我的脾气越来越暴躁,胡乱地砸东西,砸了扔,扔了再买……熬到我把孩子生下来,我们和平相处了一段时间,我的任性使他受不了,他不像前夫一样包容我。我开始恨他,胡思乱想,甚至有时候他不回家我会想到他在外面鬼混,有别人了,恨得我牙痒痒,我就找事辱骂他!他被我逼疯了,我也快疯了。前夫的种种好,那些我努力埋藏的记忆又一点一点跳了出来,我又拼命地想他,我又开始抱起了酒瓶,过起了不知今夕是何年的鬼日子……"

"刚开始他心疼我,还会收拾我乱七八糟的酒瓶,给我洗吐得满身的衣服,劝慰我少喝酒,跟我和平谈判,我的多疑任性并没有因为他的妥协而有所收敛,反而变本加厉……他彻底受不了了,开始和我分居,于是单位成了他半个家。"李静的脸上毫无表情,眼神冷得让人发抖,"他现在每月只义务地给我钱,我们虽然没有办理离婚手续,但我们之间的婚姻已经名存实亡了,他对我从始至终没有爱,只因为责任和义务,其实他是个好男人……"

林慕雪声音低沉地说:"命就像车,运就像是路。虽有豪车,但行驶在崎岖坎坷的道路上,就是有命无运;虽是破车,但能行驶在康庄大道上,就是无命有运。命运对我们而言没有绝对的公平,冥冥中我们都尝尽苦甜,认识了不公,姐姐,我一向认为凡事莫强求,顺其自然,尽力了仍非我们所愿,那一定是上天另有安排……"

"我也想看淡,可是我性子一急火就会蹿上来,本来想好好地跟他说句话,可一见他三句两句就骂开了,开始又扔又砸,要不是他脾气好,忍让着我,估计我们早就……"

"姐姐,换个角度想想,其实您也是幸福的,他能忍你那么久证明你找了个有情有义的人。有时候换个角度,转个身,就是一个新的境界和结果。我建议您给自己一些生活空间,比如发展发展自己的爱好,充实充实生活,日子丰富了就不会总纠结一件事情,陷入一潭死水中终日忧郁,他也许会对您另眼相看,你们也许会有转机。"

"你说得也有道理,可我的性子……"

李静拿过手机说:"其实,我是真的爱他,发脾气、任性、胡闹是因为我希望他多关注我、在乎我,我是离不开他的。虽然我不懂爱,不懂经营婚姻,刚开始我们一家也挺幸福的,你看……"李静打开手机屏幕,一张全家福震撼了林慕雪,那女的是李静,中间一个小男孩儿,还有孩子他爸肖羽泉,一家人那么甜蜜地拥在一起,肖羽泉那幸福的笑像一把尖刀直直插入林慕雪的心脏。她手上的玉板啪的一声掉在地上,摔了个粉碎,把李静吓了一跳。

"小林,你怎么了?"

"哦,没,没什么,手有点太滑了,不好意思,姐姐。"

林慕雪忘记了那天她是怎么圆场的,怎么把李静送出门的,后来她回想起那天,整个人都是恍惚的。

二十

有一种心情叫失落，有一种美丽叫放弃。一次默默的放弃，放弃一个心仪却无缘的朋友，放弃某种等待却无收获的感情，放弃某种心灵的期望，每放弃一种思绪，心里便生出一种伤感，然而这种伤感并不妨碍自己去重新开始生活，在新的时空内将音乐重听一遍，将故事再说一遍。

听完了李静的故事，林慕雪被这个悲剧的女人困扰着，她善良地同情着李静，担心着她的胡思乱想，心疼她的忧郁自我折磨，这个从爱情到婚姻里不幸福的女人成了林慕雪的烦恼，梦里梦外全是她痛苦的脸。林慕雪也开始同情和理解肖羽泉的不容易，她并不恨他，因为在和他相处的时光里是幸福的、快乐的，他们有共同的爱好、人生观，那些笑声是发自心底的，肖羽泉是真心爱林慕雪的，这一点从认识的点滴林慕雪是分辨得清楚的。肖羽泉是优秀的，但在爱情和婚姻里他是失败的，林慕雪能想象得到他那些痛苦挣扎的暗淡时光，所以她不恨肖羽泉欺骗她，没有告诉她李静所说的一切，林慕雪知道，人有的伤疤太深了，不能轻易地去揭开，有时候善意的谎言比真相更贴近生活。林慕雪痛下决心，要在心里忘记肖羽泉，她认为只要她不去想他，不去联系，慢慢一切也就淡了。

你就像弥漫在我心底的梦，现在的你已经太遥不可及，只能留在我的记忆里、弥漫着雾的梦境里，你渐渐地消失在下着雨的临街窄巷中，自从有了你的轻踏，我的心湖犹如投入一颗石子，掀起一层层涟漪。林慕雪在微信朋友圈打下这些文字的时候，肖羽泉的脸清晰地浮现在她的脑海里，他们在一起的镜头又开始回放，她笑着，笑着却已哭出了声。

夜已深，林慕雪坐在窗前，双肩一高一低地耸动着，她在心里说：我努力地强迫着自己不去想你，不要打扰你平静的生活，希望你和李静和好如初，尽管如此，当我闭上眼睛，你的身影又浮现在我的面前，我挥手让他散去，但他却纹丝不动，我终于明白，你对我来说不是一阵过眼云烟，而是印在我心底的每一个角落，在我心中，有一间为你敞开门的小屋，它的名字叫做"爱"。

忘字上面一个亡，下面一个心，除非心死了你才忘得了。林慕雪想起一句话："男人哭了，是因为他真的爱了，女人哭了，是因为她真的放弃了。"林慕雪原以为她会很快忙起来，在忙碌的工作中她就会把肖羽泉忘了，可是她错了，痛苦才刚刚开始。

林慕雪越想忘记越是满脑子都是肖羽泉，她含着眼泪把肖羽泉的微信、电话等一切联系方式加入了黑名单，她不想再听到他的声音，不想再犹豫，她必须把他忘了，他们在错的时间相遇了，结果就只能做路人。为了忘记肖羽泉，林慕雪把电话设为静音，电话里没了肖羽泉，她不再想去看微信、未接电话，她的心里矛盾着，她不想见他却又盼着他再次出现，前一秒下定决心，下一秒又动摇了，她不想看到肖羽泉打来的电话，又时不时地翻看手机，怕错过他的信息……这究竟是怎么了？

林慕雪的心乱了,她像疯了一样,没有精神,干事情不再专心致志,老是出错,一天到晚一副失魂落魄的样子。

"慕雪,你在哪儿呢?电话怎么回事,我打了八个你都不接,干吗呢?你这一天到晚有这么忙!"郭巧娜一接通电话鞭炮一样炸开了。

"今天有点忙,我电话静音了。"

"你怎么了?声音怪怪的。"郭巧娜顿了片刻说,"你骗我,我打到前台,说你在办公室里待了一整天没有出来。你一个人忙什么呢?"

"没有,真的没有什么事。"

"没事,对吧?"

"嗯,没事。"

"那好吧,我问你,你和肖羽泉怎么回事?你怎么无缘无故就不理不睬了?人家连个解释的机会都没有。大冷天的他连续在你家楼下待了好几个晚上,每次都在车里等到天亮,你宁愿打的也不愿意坐他的车回家,冷冷地把他拒之门外,你怎么对他那么冷血呢?肖羽泉挺好的一个人,他对你可是真心的,恨不得整颗心都挖出来炖了给你吃下去,我可是看在眼里的。你知不知道,他因为你的冷漠,一个人大半夜醉酒到人事不省,胃大出血,现在还在医院里躺着,昏迷的时候嘴里一直叫你的名字。"郭巧娜的话语间满是责备、不满。

"什么,肖羽泉在医院?"林慕雪的心拧紧了。

"是,还在医院躺着。"

"你等我,我现在就过去看他!"

"好,这才像话。"

林慕雪急忙换了衣服,三下五除二收拾妥当,走到门口她又退了回来。把包狠狠地砸在了沙发上，眼泪哗哗地流了下来，她咬着嘴唇在心里狠狠地对自己说：不能去！不能去！他应该由李静去照顾！我不能去！她给郭巧娜发了短信：巧巧真对不起，我不能去医院了，请你照顾好他，祝早日康复。

"林慕雪，你怎么回事？你不是个绝情的人，怎么突然对肖羽泉这么决绝呢？你们到底怎么了？"郭巧娜收到信息电话马上打了过来。

"巧巧，没事。我们之间有缘无分，我们没有结果的。"林慕雪的声音哽咽了。

"慕雪，我知道你不是个狠心的人，肖羽泉对你是真心的，我不会骗你的，他现在很需要你，你们两个能不这么相互折磨吗？人和人相遇相识，命中早已注定，你能且行且珍惜吗？"

"巧巧，我和他没有余地……"

林慕雪挂了电话，失魂落魄地斜靠在沙发上，眼泪像喷泉一样汹涌地喷洒着，她此时心里满满的都是肖羽泉，那个帅气、体贴、细致的肖羽泉，她有千分万分想去看他，亲自照顾他，可她刚下定决心准备迈开步子的时候，李静的脸就凑了过来，脑海里她那么清晰，林慕雪的心凉了、乱了，她在去与不去之间痛苦地徘徊挣扎着。

"慕雪，你怎么成这样了？"郭巧娜还是很担心林慕雪，她太反常了，她知道林慕雪是个重感情的人，能对肖羽泉这样冷酷、绝情，一定是有特别的事情让她不能接受，连肖羽泉一个大男人都这么备受折磨，那林慕雪也一定是心如刀绞，她是个不善于表达内心痛苦的人，所有的伤痛她都会静静地放在心里，一个人默默地承担着，这些郭巧娜比谁都了解，所以她匆匆去医院看了肖羽泉就急忙赶回来直奔林慕雪的

家。一进门,看到林慕雪的样子,她的心都碎了,紧紧地抱住了林慕雪。

"慕雪,你没事吧?怎么手这么凉?你和肖羽泉究竟怎么回事?你们两个怎么这么虐心呢? 一切原本都好好的,本来看到你们俩那么幸福我都羡慕死了,以为你们年底就会结婚,我高兴你终于找到一个对的人,能给你一个好的归宿,你可以温暖地做个小鸟依人的小女人。我还自豪终于为你做了件好事! 这些天我还在想到时候你们结婚了,我要送什么像样的礼物……这才几天没见? 慕雪,你们到底怎么了? 你快说,我快疯掉了……"郭巧娜脸上是焦急、担忧和心疼。

"巧巧,没事,我没事。"

"没事? 你都这样了能没事?"郭巧娜的声音突然放大了,她从来没见过林慕雪哭成这样,就连柳逸枫走的时候她也是没有把眼泪流在人前,今天这样真的吓到郭巧娜了。看来,她真的爱了,心痛了,碎了,郭巧娜有种感同身受,内心一阵刺痛。

"巧巧,生活中,我们既要享受收获的喜悦,也要享受失去的乐趣。失去是一种痛苦,也是一种幸福。因为失去的同时,你也在得到……失去了太阳,我们可以欣赏到满天的繁星;失去了绿色,我们可以得到丰硕的金秋;失去了金秋岁月,我们走进了成熟的人生……"林慕雪像在念追悼词一样悲伤。

"林慕雪,你干什么? 这是自我安慰还是自我讽刺?"郭巧娜有点生气地说,"你能不能不要这么倔强? 明明是颗玻璃心,非得焊个金刚罩,累不累! 你在我面前可以是透明的,我不会嘲笑你的软弱,人本来就是感性动物,真感情是藏不住的,我知道你和肖羽泉是真心爱了才会这么痛,那为什么不选择继续爱,要往死里折磨?"

"巧巧,你知道吗,肖羽泉他有妻子!"林慕雪的声音是心碎的声响。

"肖羽泉有个前妻,因为外遇分开已经很多年了,这个我知道,你干吗还纠结那么多的往事,他前妻的儿子都已经十六岁了,在老家呢。"郭巧娜脸上的愁容顿时都散开了,她想林慕雪要是纠结这个,完全是多余的,话说开了就好了,她和肖羽泉之间又可以和好如初了,林慕雪担忧的那都不是什么事。

"巧巧,你知道吗? 李静! 她来请我帮她……她快得忧郁症了!"

"李静?"郭巧娜一愣,"他前妻叫李静?李静和肖羽泉有什么关系?"

林慕雪用奇怪的眼神盯着郭巧娜:"你不知道? 肖羽泉没有告诉你?"

"你这么惊奇干吗?他告诉我什么?"郭巧娜有种莫名其妙的怒火,林慕雪不明不白的责备让她心里很不舒服。

"李静,肖羽泉的第二任妻子……"

"什么?"郭巧娜噌地从沙发上站起来,"他还有第二任妻子?"郭巧娜的脑子一片空白,片刻她缓缓挤出一点微笑,"不是前不久刚认识的吧?"说出这句话后郭巧娜都觉得自欺和好笑。

"他们的儿子都四岁了,上中班。"林慕雪淡淡地说。

"慕雪,这个我可真不知道,之前我太心急,觉得他各方面都不错,没细做调查就把他带进了你的生活,对不起啊!这个肖羽泉也忒不实在了,竟然没给我说他还有这一段,要是早知道这些我是绝不会把他介绍给你的。"郭巧娜又气又急,现在看到林慕雪,郭巧娜有种负罪感,她曾经以为对林慕雪做得最对的事情现在却成了最错的选择,看到林慕雪那痛苦的样子,郭巧娜真想抽自己几个巴掌,但她此时此刻更想给肖羽泉几个响亮的大嘴巴,她突然觉得这个男人在她眼里的美好形象毁于一旦,他的私心让他隐藏了这么大个秘密!郭巧娜顿觉肖羽泉的高尚人品不再闪耀着光芒,他的内心是不可窥探的狭小私欲……肖羽泉真是个可恨的人!郭巧娜此时在心里这么想。

"巧巧,我不怪你,我知道你对我没有坏心眼儿。"

"不行,我得去找肖羽泉问个明白,为什么当初我问他家庭状况时他都没有告诉我这些,他这是欺骗!说不好我不撕破他的嘴!"郭巧娜气冲冲地准备出门,被林慕雪一把拦住了。

"巧巧,算了,都已经发生了,再追究也没有多大意义,人有时候有些私心也是可以理解的,我们生活在这个世界上有太多的无奈和无法选择,随了心随不了世俗,道德的谴责总会顾此失彼。"

"理解?"郭巧娜盯着林慕雪,眼里满是质疑,"你理解肖羽泉,他这是骗子行为,骗了你也骗了我,你还可以不恨他?"

"恨?"林慕雪淡淡地笑了,笑出了满眼泪花,她清澈的眸子里郭巧娜的确看不到一丝幽怨和愤恨。

"我不恨他!"林慕雪说,"每个人都有难言之隐,家家都有本难念的经,有的故事不能用来分享,见光不仅会死,还会伤到更多的人。"

"慕雪,你的心胸远比我想象的宽广多了,不仅容下了百川,还容下了别人消化不掉的怨恨,你总是那么善良地理解别人的感受,包容别人的过错,我在你面前有点无地自容。"

"巧巧,我也许只是软弱罢了,又或许是经历得多了,想得更透彻罢了。"

"慕雪,李静找你麻烦了吗?"郭巧娜这才想起比找肖羽泉泄恨更重要的事情。

"没有。她来找我帮她……我们聊了聊她的故事和不幸经历,她现在是我会所的顾客,我亲自为她……"

"慕雪,你……"郭巧娜再次震惊了,她被林慕雪的善良和淡定惊住了,"你亲自为她做的理疗,和她聊肖羽泉?"

"嗯。她很信任我,把一切都告诉我了。"林慕雪的脸上痛苦地抽搐着,不知道该用什么表情来配合她内心的波涛汹涌。

"看来那个女人不知道你和肖羽泉的事。"

"嗯。"林慕雪点点头。

"肖羽泉的保密工作真够可以。"郭巧娜恨恨地说。

"他们已经分居很久了。李静压根儿就不知道肖羽泉一天在干些什么。他只是每个月给她的卡里打生活费!"

"这样?"郭巧娜想了想说,"那他们应该没有什么夫妻情分了。就差一张离婚证书了!"郭巧娜的脑海里在过滤着每一个细节,突然兴奋地对林慕雪说,"你们之间还有戏的!肖羽泉的心里绝对是真爱你的!"

"巧巧,有的事情早已注定……"林慕雪的眼泪又涌了出来,"我早已下定了决心,不会去伤害李静,她也是个可怜的女人。"

"伤害李静!"郭巧娜瞪着林慕雪,"从何说起?你怎么就伤害到她了?明明是对你不公?"

"巧巧,我真的不忍心伤害一个可怜的女人。"

"慕雪,你总是同情别人,谁来同情你?你也是女人,而且是个好女人。你的身边也需要有个优秀的男人来陪伴你。你为什么自己明明喜欢的都不能随心自私地去争取呢?对于李静,只能怪她婚姻不幸!"郭巧娜的声音提高了几个分贝,她有点激动了,她只希望她超大刺耳的声音能唤醒林慕雪,让她为自己的未来好好做个打算,为了自己的感情自私一回。

林慕雪的脸上看不到阴晴,她淡定得让人欲哭无泪,"没有不幸的婚姻,只有不幸的夫妻。一对对夫妻怀着对婚姻的无比美好的憧憬走入婚姻的殿堂,可是最终他们却失望了,于是他们责怪婚姻,说婚姻是爱情的坟墓,而其实真正要怪的是他们自己。"

"慕雪,你说得对。那个女人李静,她和肖羽泉压根儿就不配,不然肖羽泉怎么会费心费力地去辛苦追你,而且全是发自内心的真爱!"

"巧巧,我们不可能有结局的。现在已经到了曲终人散的时候了。"林慕雪说得那么坚定,可分明是心如刀割。

"你就一条路走到黑吧!没见过你这么固执的人!我找肖羽泉去!他是个男人比你坚定一些!"郭巧娜任凭林慕雪怎样在身后呼喊,头也不回,一出门,一脚油门直奔医院找肖羽泉去了。

二十一

　　生活是一件艺术品，每个人都有自己认为最美的一笔，每个人也都有自己认为不尽人意的一笔，关键在于怎样看待。与其整日被庸人自扰的愁闷所困，不如以一种顺其自然的态度看淡一切。接受已经发生的事实，是克服随之而来的任何困难的第一步。我们需要的只是一点豁达，让一切都顺其自然吧！

　　林慕雪关掉手机，埋头昏昏沉沉地睡了几日，心里豁然开朗了，她觉得李静、她自己和肖羽泉只是冥冥中早已注定，让他们在错误的时间地点里相遇了。在爱情的世界里谁也没有错。看着窗外，熙熙攘攘的人群，林慕雪想起一段她特别欣赏的话：有些人会慢慢遗落在岁月的风尘里，我们总以为那份痴情很重、很重，是世界上最重的重量。有一天，蓦然回首，我们才发现，它一直都很轻、很轻的。我们以为爱得很深、很深，来日岁月会让你知道，它不过很浅、很浅。最深的和最重的爱，必须和时日一起成长。

　　"林慕雪，你终于开机了！这儿大你怎么就人间蒸发了？不知道我有多担心你吗？"刚开机，郭巧娜的电话就打了过来，她在电话那头又气又急，就差粗口骂人了。

"巧巧,给自己放了个假,休息了几天。没事,我好着呢。只是一直以来太累了,想过几天与世隔绝的安宁日子罢了。事先没给你吱个声儿,让你担心了,回头我请你吃饭,亲爱的。"

"大美人儿,听你这状态恢复得不错呀!"郭巧娜嘿嘿了几声追问道,"吃什么药了?这么快就满血复活了?"

"怎么?你希望我一直都人不人鬼不鬼、一蹶不振!"

"大美人儿,我可没这么想。不过你之前那几天的样子像失了魂一样,实在有点儿活不下去的熊样儿,看了让人既心疼又害怕。"

"有那么夸张?"林慕雪乐了,"你不是趁机损我吧?毁我大好形象。"

"损你?我当时没拿DV给你录下来,日后让别人也看看我们的大美人儿也有柔情似水、为情痴傻、脆弱不堪的一面。"

"去!别抓着我的小辫子不放!我也只是一个凡人,谁能没有个人生低谷呢。"

"大美人儿!"郭巧娜顿了顿说,"你真的没事儿啦?"

"没事儿啦。"林慕雪淡定地说,"我都看开了,想明白了,有的事情该来的我左右不了,那就敞开心接受,不违心;有的事该结局了,就满怀感激落下幕布,不强求。我现在只需让自己的心豁达一点,顺其自然,把一切交给时间。"

"大美人儿,你真能这么想我就放心了。"郭巧娜心里沉沉的大石头终于落地了,轻松地喘了口气。

"慕雪……"郭巧娜顿了顿说,"你真的不打算见肖羽泉一面?不想听听他的心声?"

"不想。"林慕雪坚定地说,"我不想再给自己留一个机会,你知道的，我这个人最大的缺点就是心软，我怕……所有的滥情都是纠缠不清的结果，我好不容易做出这个决定的。"

"慕雪，你的心情我理解，可这对于肖羽泉有点不公平！"郭巧娜命令似的对林慕雪说，"你别挂我电话，认真地听我把接下来的话说完。"

"好"

"慕雪，那天我冲进医院给了肖羽泉两个响亮的大嘴巴，我愤恨地问他为什么还有个李静，没有和她办理妥当离婚手续就去追慕雪，那是欺骗，对别人太不公平！他很淡定地说，打得好，这两个巴掌应该由林慕雪亲自来打的。他说他知道你是个善良的人，是不会用武力泄愤而是选择理解，所以他才更内疚，他谢谢我替你打了他，这样他的心里才会舒坦一些。我第一次见一个男人哭得那么伤心，都说男儿有泪不轻弹，只是未到伤心处。肖羽泉是真的心伤了，他说命运对他是不公平的，在爱情的世界里他是失败者，两段不幸的婚姻让他对爱情彻底失望，他曾经以为他会孤独终老，他说没有心爱的人陪在身边即使有看似完整的家庭和儿女，其实内心才是最孤独的。肖羽泉说你是他的救星，在他看见你的那一刻，他全身每个毛孔都是兴奋的，每一根血管都在膨胀，你是他阴暗里的一道亮光，直射进了他的心脏，他下定决心不顾一切地去追你、爱你，他想把你捧在手心，暖在怀里。肖羽泉说他早就想好了，他打算下个月和李静结束名存实亡的婚姻，正式办理离婚手续，让你早日名正言顺地走进他的生活，给你一个稳定、温馨的家……"

"巧巧，别说了……"郭巧娜听得出来，林慕雪已经泣不成声了，她真的是个心里柔软不堪的人。

"听我说完，有的话我一定要如实地告诉你，免得你以后后悔。"

"巧巧……"

"肖羽泉说他这一生心里能装下的，忘不掉抹不去的，只有林慕雪你一个人，和你相处他真的用了全心全意，掏心掏肺，他从你的朋友们口中打听你的一切喜好，然后努力去讨好迎合你，听到一点你的烦心事，他第一时间想办法解决，这个我们都看到眼里。对于李静，肖羽泉说那是他和李静因为寂寞而犯下的错，因为孩子和责任他委曲求全了这么多年，他已经和李静到了结局，只差一纸离婚证书，所以他才没告诉你，肖羽泉说他这么做是不想让你多想。那天肖羽泉给我下跪了，这本不是他那样的男人可以做得出来的事，我当时震惊了，他求我在你面前开导开导，他真的不想失去你，人生短暂，能遇到一个真心喜欢的人太不容易，他希望你们能彼此珍惜对方……"

"巧巧，别说了……"林慕雪挂了电话，再打便是无法接通了。

我不可能再有一个童年，不可能再有一个初中，不可能再有一个初恋，不可能再有从前的快乐、幸福、悲伤、痛苦。昨天、前一秒，通通都不可能再回去。人生原来是一场无法回放的绝版电影，我们再也回不去了！林慕雪想，她和肖羽泉是无法心平气和回到从前了，即使她现在同意他们继续交往，她也不会快乐，她的脑海里会时不时地浮现出李静的影子。

林慕雪觉得他像一枚钱币，钱币最美的状态不是静止，而是当它像陀螺一样转动的时候，没人知道即将转出来的那一面是快乐或痛苦，是爱还是恨。快乐和痛苦，爱和恨，总是不停纠缠，其实在林慕雪的内心她是放不下肖羽泉的，她比谁都想念他，她多次想奔去医院，拂去他脸上冰凉的泪水,靠在他宽阔的肩上让两颗心靠近,听着彼此的心跳就懂那份深情。固执要强的林慕雪终究没有主动迈出那一步,她痛苦着,也折磨着肖羽泉。林慕雪暗里一遍一遍看着肖羽泉的照片,脑海里回放着那些快乐的片段,有人的时候她拭去泪,若无其事地说没事,都过去了,在她的心里她藏有一个期盼,希望上天能宽待她和肖羽泉,希望时间能抚平她内心中的痛苦,再把他送回到她的身边。

林慕雪说顺其自然,其实是逃避,她想尽量避开肖羽泉,拒绝和他有过多的接触,把自己投入到忙碌的工作中,忙得她没有多余的空隙去想念。

"慕雪,下周我要结婚了,你能来吗?我听郭巧娜说你最近的状态有点……你可以来吗?我希望得到你的祝福!"李倩的婚期定了,她首先通知了林慕雪。

"祝福你倩倩,终于找到自己的归宿了,我一定准时去。"林慕雪爽快地答应了,她是个重情重义的人,姐妹的事远比她自己的重要。

"慕雪,越是临近结婚了,我这几日越发恐慌,以前总是盼着有一天可以穿着洁白的婚纱挽着爱人的手走进婚姻的殿堂,终于快临近了,却有点想往后退的感觉,我想我还没有准备好。这也许是场别人眼里所羡慕的美满婚姻,对我算是个惊喜,怎么突然有点受宠若惊,我害怕喜过便是忧!最近我看了好多嫁入豪门的悲剧……慕雪,我真的有点害怕。"电话里,李倩娇滴滴的声音里满是忧虑。

"倩倩,别想太多,调整好你的心态,做最美的新娘,圆你最初的梦,我们都会祝福你的,别胡思乱想,有的事想多了就复杂了,就乱了,一切简单的就是最好的。"

"慕雪,喝了这么久的中药调理,我对自己的身体还是没有信心,我真不知道能否如愿完成老爷子的任务,如果不能,那么这场婚礼我只是走个过场,可是不办婚礼我就不能名正言顺地留在李明浩的身边……如果不能留在他的身边,以他的条件重新找个女人只是分分秒的事情……"李倩的声音有点颤抖,她在生死边缘颤抖。

"倩倩,你要相信自己,当你充满信心,奇迹就会出现,越在意,失去的就越多。我们原本是优秀的,只不过,是我们缺乏自信心,一步一步把我们从优秀的高位上拉下来,一直拉到了平庸的位置上,自甘平庸,是人生的一场灾难,也是人生的悲剧。世界上许多事情是我们难以预料的,总会遇到很多不如意的事,我们不能控制际遇,却可以掌控自己。倩倩,你自己已经很优秀了,一定要对自己,对李明浩和你们的爱情有信心。你要明白,你说因为爱情才结婚,不是平平嫁给传统的婚姻,是为了让彼此更幸福,携手走更长的路,而不是自掘坟墓把一切埋葬了!"

"慕雪,谢谢你,有你的鼓励心里舒坦多了。"李倩的心里松了口气,"慕雪,还有很多事情得筹备,那我先挂了,结婚那天你一定要来哦。"

"好,一定,再忙都得照顾好自己,倩倩,有事随时联系。"

"好的,慕雪。"

李倩挂了电话,给林慕雪发来一张精美的婚纱图片。看着漂亮的婚纱,林慕雪的心里刺啦被划破了一条痕,婚纱其实是女人心底一个最温暖最柔情的梦,在女人心里最深处静静地蛰伏着,随时等待着一阵风起,直到吹得心旌摇曳,吹得婚纱裙袂飘飘。柳逸枫没有给林慕雪那种渴望,直到肖羽泉逐渐走进她的生活,她对美丽的婚纱有了向往,她曾在某个太阳升起的早晨，依窗望着肖羽泉的背影，无数次幻想自己为他穿上婚纱的曼妙与美丽，一定有着被幸福晕红了如苹果般的脸庞，一定有着被爱陶醉了如星子般的眼眸……曾看到多数童话的最后都是公主为王子穿上一套精美的婚纱，步入皇宫完美收场。当那个时刻我们就以为女主人公从此以后会有幸福的生活。我们全被那袭婚纱感染，沉浸在幸福快乐中！童话是美好的，现实是残酷的，林慕雪想起了肖羽泉，没有等到她穿上婚纱步入早已编织好的童话，他们的爱情就已经半路夭折了……

林慕雪的内心一直波涛汹涌，她祝福李倩，真心的祝福！有了李明浩，她不再像浮萍一样飘来飘去，不再是个遗落的女子，不用整天像花痴一样穿梭在一群男人中，吃力地寻找适合她的那个人。听到李倩马上要走进稳定的婚姻，姐妹中林慕雪最高兴。她在心里放着身边的每一个姐妹，翻开相册，看着李倩一张张照片，每一个时刻都笑得那么天真灿烂，林慕雪在心里说：丫头，婚后你要笑得更甜！每一段婚姻都是幸福的，为这个世界扫除了两个孤寂，为这个宏宇增添了一份传奇；每一段婚姻也都是残忍的，为这个大地清醒了一段幻想痴迷，也为这个人间多了一份平淡甜蜜。

欲作新娘喜欲狂，

浓施淡抹巧梳妆。

红衣一袭怜娇软，

梨靥双涡惜嫩香。

半喜半嗔呼不出，

如痴如醉拥难将。

天公酬得佳人意，

嫁个多才好婿郎。

李倩的婚礼如期举行，大红的花朵和虹桥摆在偌大的饭店门前。大厅金碧辉煌，华丽的灯光照射在婚礼现场，把地映得熠熠生辉。门外前来参加婚礼的豪车鳞次栉比，李倩在众人羡慕的眼神中华丽登场。她身上这套蛋糕裙双肩婚纱是美国著名设计师娜丽亚设计的，于世独一无二，该婚纱既体现出美丽漂亮，又更加地体现出小鸟依人以及可爱之至，新娘头上的头纱衬托着她的美丽，就连脖子上的项链也闪闪发光，她整个人仿佛生来就沾染了贵族的气息，隐隐含着不可一世的傲慢与神圣。整场婚礼都在人们的阵阵惊呼声中一个环节一个环节地进行着。

结婚是人生最大的一场赌注，因为你压上了一生的幸福。林慕雪真心希望李倩是这场赌注的赢家，从此有个好归宿。

"嗨！妹子，留个联系方式吧。"

"去你大爷的。谁是你妹子！"郭巧娜杏眼圆瞪，眼神冷冷地射向对方的眼睛，意思在说，挑逗姑奶奶，你这是找死！

"嘿！大爷？我可没大爷！"一个阳光帅气的男孩儿，二十七八的样子，满脸堆笑，拿着手机紧跟在郭巧娜的身后，追问郭巧娜的联系方式。看他那不到黄河心不死的样子，是被郭巧娜的磁场深深吸引住了。

"没大爷？没大爷你就敢问我要联系方式？"郭巧娜说，"你就不怕我洪荒之力瞬间爆发，一掌把你劈残了！我可不是个脾气好的姑娘！没事儿别在我面前瞎晃悠。我不喜欢你这种挑逗！"郭巧娜柔顺的短发使劲儿向耳后甩了甩，很酷地冲男孩儿摆摆手，钻进了她的车里。

"哎,你可不能就这么走了!"那男孩儿一看郭巧娜要踩油门走了,情急之下扑上前,用半边身子卡住了车门,"你可别走!"

"混蛋!你从哪个精神病院放生的。今天没吃药吧!"郭巧娜恨恨地说,"走开!我还忙着,没时间陪你逗乐呵!"

"郭巧娜,我知道你的名字。"男孩儿很自豪地说,"我还读过你的诗,看过你的舞蹈演出。"

"你认识我?"郭巧娜有点疑惑。

"认识。我关注你很久了,今天终于见到本尊了。你就不能给我个机会,我只是想深入了解你。你单身,我也单身;你挑剔,我也挑剔。我觉得我单身了这么多年就是为了等待一个你!你郭巧娜的个性太合我的调调了,我喜欢你这种型的。"

"切!别胡咧咧。我对小鲜肉没胃口!你不是我的菜,乖乖等着,看谁好这口把你领回家。别耽搁本姑娘的宝贵时间!"郭巧娜轻视地瞅了一眼对面的男孩儿,"从哪儿来,回哪儿去!再无理取闹我一脚把你踹下去!"

"你忍心就高抬贵脚,被你伤了也是福气。"那男孩儿厚着脸皮咯咯笑了起来。

郭巧娜向来不喜欢嬉皮笑脸的男人,她骨子里认定这种型的男人过于轻浮,容易拈花惹草,对面男孩儿的笑声一下激怒了她,抬腿一脚就出去了,只听"哎呦"一声,男孩儿重重地摔在了地上。

"啊?你下脚真狠,流血了都!"

郭巧娜闻声望去,不好。他的头部真的有血往外流。郭巧娜不得不下车,她心想:糟糕!这回一时走不了了。

"你是男人还是女人,骨头还没发育好吗?这么不经摔?"郭巧娜过去扶起男孩儿,一边查看他的伤口一边责备。

男孩儿忽闪着他的大眼睛无辜地说:"人家都受伤了,你还这么凶。"

"活该!"郭巧娜拉开车门示意男孩儿上车,"今天出门没看黄历,大爷的,见鬼了!"

"你带我去哪?"男孩有点兴奋。

"找个兽医帮你包扎一下!"郭巧娜白了他一眼。

"兽医,果然玩得高端、刺激!面对心爱的人我就是一头猪,可面对别人我就是狮子老虎!你这野性十足的妹子我太喜欢了。郭巧娜,我现在终于体验了什么叫心如撞鹿,你听,'咚咚咚!'跳得好快!"

"再多嘴我补你一巴掌!"郭巧娜咬牙切齿地说,"你烦不烦,能关会儿机不?"

"关机?我没带电话,怎么关机?"

"真是头猪,我是说你给我闭嘴!"

"你早这么直白多好!一下就明白了。不过,我这人有个毛病,不达目的不罢休,让我关机,除非给我个联系方式,电话、微信、QQ 都行,只要我可以联系到你的,都行。"

"你闲得慌吧!"郭巧娜冷冷地说,"我都说了对你没胃口,你不是我的菜,要我联系方式干吗?我也不是医生,你犯病了我治不了你,找揍的话自己用左手抽右边的脸,再用右手抽左边的脸,多玩儿几次你就逐渐清醒了,人总得有点自知之明吧,你也太不清醒了,我说得够清楚明白啦!"

"果然是火辣辣的辣妹子！够味儿！吃定你了。"他对郭巧娜做了个鬼脸，笑意依然挂在脸上。

"你刚说什么？再重复一下。"

看郭巧娜伸手要往下打的样子，男孩儿一闪，识趣地说："好吧，去医院，我暂时关机。"

"你在这老实待着，我去交费，别胡蹦跶。"郭巧娜从急诊室往收费处走。

"知道啦，去吧，去吧！"男孩儿愉快地冲郭巧娜摆摆手，脸上洋溢着得意的神情。

"医生，让我看一下。"郭巧娜前脚刚出门，男孩儿迫不及待地抢过就诊记录，上面留有的签名栏里，除了郭巧娜的名字还有她的电话、住址，他如获至宝，满怀欣喜地把那些来之不易的信息迅速输入大脑的记忆库，吹着口哨乐呵呵地离开了。

"喂，你的头还在流血呢？"医生在身后追着喊，"药都准备好了，她把药费单拿来就给你包扎，你这样会感染的。"

"死不了。"男孩儿冲医生俏皮地笑笑，"一会儿我老婆来你给她说声我先走了。"

"麻烦家伙，走，去手术室包扎！"郭巧娜双手捧着一堆瓶瓶盒盒进门就冲里面喊。

"咦？人呢？"她进门目光四下游走了一番，并没有见到刚刚带来的男孩儿，最后她把目光落在了医生身上，"那人呢？"

"真是个倔强的人！我给他说不包扎会感染的，他说无大碍。"医生无奈地摇摇头，"对了，你老公让我转告你他先走了。"

"老公？"郭巧娜一时没反应过来，呆愣了几秒。

"你老公走的时候让我转告你他先走了。"这愣头愣脑的医生又重复了一遍，郭巧娜啪一声把手中所有的东西砸向了他。

"我还是你大娘呢！"郭巧娜扭头就走了。

"唉！你是有病吧！"

"有病你自己治，我刚扔给你的看有治脑残的没，药不全自己在搭点儿，回头再也不见。"

听着郭巧娜大步出门，风风火火地离开了。医生仍一头雾水，理不清头绪。

阳光灿烂，又是一个艳阳天，树上鸟儿的鸣叫显得格外动听，温柔的春风像母亲的手爱抚着郭巧娜的脸颊，她步伐轻盈，哼着小曲，走一步旋转一圈，慢扭着腰肢，像踏着优美的旋律轻舞。

"嗨，大美人儿！今天我要告诉你一个惊天大秘密！"郭巧娜满脸堆笑。

"哦？什么事儿？听你这声音都带着笑，该是多么振奋人心的好事儿。"林慕雪说，"别绕弯子，我急不可待了。"

"哈哈，你也有急的时候。"郭巧娜有点羞涩地说："大美人儿，我的第二春来了！"

"什么跟什么？"林慕雪说，"姑娘家家的，你能好好说话不，你这样别人肯定以为你是个放荡不羁的女人，谁敢娶你？"

"大美人儿，这不跟你嘛，哪有这么多讲究，怎么说舒坦我就随性。"

"是谁家公子被你收了？"

"大美人儿,我跟你说,这回我换口味儿了!"郭巧娜停顿了两秒说,"我这回可能要老牛吃嫩草了。捡了个小鲜肉!"

林慕雪一听乐了:"嘿嘿! 口味挺重啊,你这倔驴也会轻易换口味? 实属不易,一定是个不错的小主吧? 小妞,你就不怕啃不动,哈哈!"

"大美人儿,你也会损人。难得拿我开涮就让你乐呵一回。"郭巧娜说,"缘分来了,逃都逃不掉。是他死缠烂打黏着我的。"

"我想也是,你一定是被他的某种行为打动了……"林慕雪肯定地说,"他一定非常能坚持吧?"

"又被你猜对了。你说你怎么就这么聪明呢? 你一天都吃什么好东西补脑了? 智商那么高让我们这些人在你面前都是透明的。"

"我吃的不都和你一样。巧巧,说说你的小鲜肉,我帮你参谋参谋,怎么认识的?"

"姑娘,好歹我也算半个姐姐,别兜圈子。快说,别扫我的兴!"林慕雪有点命令的口吻。

"好吧,遵命,大美人儿!"

郭巧娜的眼里散发着闪闪亮光,眼睛笑眯眯地沉浸在回忆里:"他叫肖宁,比我小三岁,华宇公司副总裁的二公子。他现担任公司的销售总监,平时游手好闲,吊儿郎当,一旦进入工作模式就像转世投胎,换了一个人一样,严谨,认真,效率神速。他和我一样喜欢诗歌、爵士……"

"巧巧,不错呀! 好儿郎都被你遇见了,你怎么这么好运气呢?"

"大美人儿,这回可不是我倒挂,是他死皮赖脸黏着我来着。"郭巧娜自豪地说,"是他被我迷住了,哈哈!"

"我信! 你有这魅力!"林慕雪咯咯笑了起来。

"相信就好。大美人儿,我跟你说,就那天,李倩结婚,我做伴娘,你记得不?"

"嗯。记得,那天你格外美丽!"林慕雪回忆起那天的情形,郭巧娜特意做了头发,画了淡妆,做了指甲,一袭抹胸长裙衬出她较好的身材,那天郭巧娜整个人女人味儿十足却又与众不同。她骨子里的直率散发出别致的野性。林慕雪突然想起了什么,"巧巧,我记得了,那天前排有个小子一直盯着你看,从婚礼开始到离开,他的目光始终都投在你的身上没有离开过。我的眼睛几次见到他眼里闪出光,看你的眼神能燃起火来。"

"大美人儿,你说的是不是肖宁啊?"

"我想除了他应该不会再有别人了吧!"林慕雪接着说,"他应该是在婚礼结束追出去找你的吧?"

"大美人儿,你不做侦探可惜了。"

"又猜对了,呵呵。巧巧你都成透明的了。"林慕雪的心情和郭巧娜的一样愉快,两人在电话里笑声不断。

"嗯。是那天婚礼结束,我刚换好衣服从酒店出来,被那小子紧跟在身后,不停地问我追要联系方式。你知道我的个性,见不得那种花花公子型,一脚把他从车上踢了下去,谁知道那家伙不经摔,头磕破,流血了……"

"巧巧就是女汉子。你这见面的方式独特,第一次就头破血流!肖宁可是死心塌地爱上你了,不然可不敢拿鸡蛋去碰你那块石头。哎,后来怎么就把你给融化了?"

"大美人儿,说了你都不信,自从认识了肖宁,我看人的观点发生了转折性的变化,我开始认同,看人不能光看外表。就说肖宁吧,看着是个吊儿郎当、不务正业的花花公子,其实,工作他有工作的状态,回家孝敬父母,勤劳,爱家。慕雪,我给你说,他会做很多花样儿的菜,会做各式各样的果盘。他可以把美味的菜肴配上漂亮的果盘、鲜花、蜡烛,在餐桌上摆出一整件完美的艺术品,放上轻柔的古典音乐……我第一次被这样一个心思细腻的小鲜肉感染了。我以前总记得别人说,要留住男人的心就得先留住他的胃,现在我认为这句话同样适用于女人。肖宁的那一顿别致的烛光晚餐,让我久久不能忘怀。我第一次让一个男人打动了,先从胃开始,再打开心脏!"

"听起来好浪漫,这以后我是不是也有小口福了?"林慕雪说,"巧巧你可真让不少人羡慕,像肖宁这样条件的公子哥,估计姑娘们都排队成长龙了。"

"那可不是。天天有漂亮妹子和他搭讪,不过肖宁是个专一的男人,也是傲气十足的主,都不正眼瞧那些野花儿,他认为男人女人都别随意搞暧昧,那是最奢侈和无聊的事情。心只有一颗,情只能用一处才能淋漓尽致。"

"巧巧,你这回可捡到宝了,且行且珍惜,我真替你高兴!"

"谢谢大美人儿!我也没想到我会接受一个比我小的男人。我现在相信缘分这回事,也相信精诚所至,金石为开。那天从医院回来,我气不打一处来,有种被人忽悠的感觉,我当时的心情就是挖地三尺也得找到他,见面就给他几个响亮的大耳瓜子,非得把他那张嫩皮打出红肿的厚重感来!要是杀人不偿命,我还十分想补他几刀!可是我越气愤越无处泄恨,我连他的名字都不知道,哪儿知道他住什么鬼地方。正在我怒火中烧的时候,门铃响了。"郭巧娜的语调平缓了许多,"我一开门,一个小丑着装的家伙捧着一大束玫瑰站在我门口。我当时就蒙了,我反复问,'你走错门了吧?'他使劲摇头。我正在云里雾里他突然拿出一张卡片,张口从牙缝飘出了一串一串的文字。他的声音如夏日般热烈的呼吸,融化了我整个冬天的冰凉。如暴风袭来,让我不能呼吸。我静静地,静静地听着——'我要写下我的爱,因为我总是心口难开;我要写下我的爱,不管这结果是不好,糟糕或是最坏。我想我是坠入了爱河,因为你那不经意的笑,谁能将我拯救,因为她让我沉浸在甜蜜的痛苦中。我喜欢这样看着,看着你肆无忌惮地笑,这让我觉得你是开心的,还有什么比你开心更让我知足呢?我想我是坠入了爱河,当你走进我的视线,我竟然如此地爱我的眼睛,因为那里有你的身影。我爱你,如同黑夜爱上了月亮,愿用身体保护你,用星空装饰你的梦。我爱你,如同回忆爱上了时节。我爱你,我的爱人,你可知?我爱你。'深情地读完卡片上的一字一句,他手捧玫瑰送到我的面前,'请收下吧。这每一朵都是我从玫瑰园里刚采摘的,每一朵都是我精心挑选的。你可以用来打我,也可以扔掉,但我希望先沾上你手心的余温。我写了几个小时,撕掉了十几张卡片,我怕你看都不看一眼,就给我撕得粉碎,回头扔我一脸碎末,我鼓起勇气,就给你读完了。现在心还在砰砰乱跳。'那一刻我才反应过来,这人是从医院走掉的那小子,我当时竟然没有了上去暴打他一顿的冲动,不知道是诗选得太优美,还是我喜欢上了那磁性的声音,亦或是玫瑰花香让我沉醉了。"

郭巧娜的声音柔柔地说:"当时我是大声让他走开,可那声音听起来少了平时的杀伤力,分明是温柔的。他猛地拉过我的手,把那一大束玫瑰送进我的怀里,趁我还没明白过来,在我脸颊留下一个热吻,飞也似的跑开了。我想骂上句粗话,却半天没有喊出声来。他唇上的余温还留在我的脸上,一阵狂热让我心跳加速,我依门靠着,盯着那极鲜艳的红玫瑰开始回想起他的样子,那精巧、立体的面部轮廓,一米八几的海拔,笑起来暖暖的……"

"巧巧,当时我要是在一定录下你花痴的样子,我想一定很值得珍藏。有时候觉得你既像个爷们儿,也像个姑娘。"林慕雪在电话那头笑声不断。

"大美人儿,你是错过了。"郭巧娜接着说,"那天晚上,我竟莫名地加了他的微信,我们俩一会儿电话,一会儿微信,聊到凌晨四点多,是他担心熬夜对我皮肤和身体不好才依依不舍挂了电话。最后他说为了补偿我熬夜陪他聊天损耗的能量,第二天早上他买早点犒劳我的胃。"

"你们俩的进展挺神速呀巧巧,这可不像你呀。"

"磁场太强烈吧,我估计。"郭巧娜笑得花枝乱颤。

恋爱的状态,说不清道不明,心花怒放会喜形于色,只是自己没有发觉而已。都说恋爱时的女人最美丽,究竟是男人的宠爱还是滋润,让爱情来临时的女人变得如此美丽动人……

晨曦徐徐拉开了帷幕,又是一个绚丽多彩的早晨,带着清新降临人间。郭巧娜被窗台上几只嘻嘻的鸟儿吵醒了,刚睁开惺忪的眼睛,肖宁的声音就在外面响起来,"亲爱的,我在门口,请你开门让我进来。"

"这么大清早就不让人安宁,你还真是阴魂不散呀!"

"大男人总得有点诚信吧!我执行力一向挺好的。昨晚说的话必须得兑现,再说了有机会和你多见面,那是这个世界上最美妙的事情了！"

郭巧娜听到电话里肖宁喘着粗气，他好像提着挺沉的东西，"你干吗，还喘开了？"

"我左右手都占用了，亲爱的，你再不开门我就瘫软在地上了。快点解救我。"

听到这话，郭巧娜的心一下子乱了，噌地从床上跳起来，不顾忌自己未梳妆打扮，也不顾及因为熬夜浮肿的眼睛，踢拉着拖鞋，穿着粉色的睡衣，就到门口，急匆匆地拉开了门。

肖宁果然左右手都没闲着，大大小小提了好几个保温盒，他的额头往下滚着豆大的汗珠，手指一节节因为受重力青紫、发红。

"你这是干什么呢？这么大排场？"郭巧娜愣愣地盯着肖宁。

"我说过要犒劳你的胃呀。"

"这么多？你当我是牛呀！"郭巧娜嘟着嘴，心里甜丝丝的。

"第一次给你做早餐，我也不知道你喜欢吃什么，所以烤了面包，煎了火腿和鸡蛋，熬了养生八宝粥，现磨了豆浆，还有鲜牛奶都是热气腾腾的，中餐西餐都有，总有一个合你的胃口吧！"肖宁一边说，一边把保温盒里的东西分装在盘子里、杯子里，摆了满满一餐桌，看得郭巧娜目瞪口呆。她从未见过这样一个花花公子的家伙会有这样一颗细腻温暖的心，那一刻郭巧娜有一种想冲上去紧紧拥抱住肖宁的感觉，她太久没有这样被一个男人感动了。

"哇！你胃可真大！中西都能容纳。看来以后挺好伺候你老人家的。"肖宁见郭巧娜狼吞虎咽的样子，心里乐滋滋的，他这一大早的辛苦总算是得到安慰了。他来之前其实做好了各种心理准备，最坏的一种就是郭巧娜怒吼着把他手中的东西扔满一地，啪啦一声关上门，再带上一句"有多远滚多远！大清早扰人清梦，你大爷的没人性！"，现在的事态发展远远超乎他的想象。肖宁重新认识了郭巧娜的另一面，她也有小鸟依人的温柔、恬静，这是意外的惊喜。

"慢慢吃，这些都是你的，没人抢。吃完餐具放这里，我中午下班过来收拾，昨晚没睡好，一会儿补个觉吧。"肖宁将纸巾一片片折叠好放在郭巧娜的手边，"我早上有个总结会，必须赶到，你慢慢吃，不好吃的给我留着，回头我按你的建议下次改善。我得动身走了，虽然十分不舍。"肖宁看了看手表，起身在郭巧娜的额头留下一个深情的吻，转身小跑着下楼，直奔停车场。

郭巧娜听着肖宁轻盈的步伐，伴着欢跳的口哨声渐行渐远，伸手抚摸着自己的额头，肖宁唇上的余温渗进她的血液，流入心房，暖暖的。她全身的每根神经都兴奋起来，久久不能平静。很多男人吻过她的唇，第一次有男人这样深情地吻她的额头，那种柔情，细腻而别致，像诗，像梦，悠远而绵长……

二十二

　　"巧巧你最近忙着热恋把我都抛之脑后了。"林慕雪满嘴醋味地质问郭巧娜。

　　"没有,忘了谁也不能忘了大美人儿你呀!只是最近忙着和肖宁旅游,品美食,编排舞蹈挺累的。"郭巧娜一边说话一边打着哈欠。

　　"恋爱中的女人。我最近读了一首诗,特别适合现在的你。"

　　"真的?"

　　"嗯。我读给你听听,看是否有几分似曾相似。"林慕雪清了清嗓音读道:

　　　如果你也在凌晨走路回家

　　　在黑暗中看见不远处有一个女人走来

　　　低着头,看上去疲乏、困倦、憔悴

　　　你会以为她是个夜归的服务业女工

　　　说不定是个按摩女郎或酒吧侍应

　　　家里有一群弟妹靠她赚钱交学费

　　　你跟她擦身而过时,瞥了她一下

感到她心灰意冷，脸神沮丧

但你错了

我刚看见她从一辆的士下来

一个男青年跟着下来，拥抱她，吻她

然后又坐进同一辆的士

她目送他离去

然后转身，她家可能就在那附近

……

"大美人儿，这诗是写给所有恋爱中的女人的，挺形象的，我觉得这首诗也适合你，就像你当初和肖羽泉……"这话刚出口，郭巧娜就后悔了，她知道自己犯了一个致命的错，她这无心的一句话会像刀子一样一点一点划开林慕雪的皮肤，刺穿她的心脏！她此时真想抽自己一个大嘴巴，她恨恨地骂自己——真是个没心没肺的东西！现在她知道林慕雪一定是开始回忆了，而且心痛了，她木讷地找不出一句安慰她的话。

"大美人儿，我刚刚……"

"巧巧，我知道你是无心的。祝你和肖宁旅途愉快，你回来再聊。"林慕雪勉强挤出一点笑容，声音却像千里之外的冰山崩塌了，透着一股冰凉。

回忆是一壶茶，一壶用情感的沸水冲沏的浓茶——翻滚，起伏，然后冷却沉静，像起起落落、欣喜悲狂的人生，最终归于"万物看开，得失随缘"的平淡怡然。

林慕雪现在深刻体会到了，当你真正想去忘记一个人的时候，那个人已经刻在你心里了。

不知道是谁说过：回忆是一座桥，却是通往寂寞的牢。这是我听过的关于爱情最悲伤的句子。每每回忆往昔，午夜梦回，总要为人生中那回不去的欢乐，永不再现的经历体验，流下心头的热泪。回忆，今夜又困扰着林慕雪。

"我不小心把'我爱你'误发给你了。如果你接受那就储存起来，如果你不接受，就把这三个字返发给我。"肖宁打开手机微信，看到一条信息，神情怪异地看了一眼郭巧娜，偷偷笑了起来。

"你吃错药了，咧个大嘴巴乐呵。"

"给！你看怎么处理。"肖宁把电话递给了郭巧娜，"刚刚去给你买水，对面那个美眉说零钱换不开，加了我微信，让我给她发个红包，她给我兑了现金。看是个弱女子，我没多想就给她发了红包兑了现金，还没来得及删掉就进攻了，你是太太，后宫的事你全权负责处理。"

郭巧娜抓过电话，立刻眼睛放绿光，脸上晴转多云，此刻的眼神能杀死人："哪个？"

肖宁诺诺地指了指对面那个穿着抹胸长裙，眼里闪着电光，斜靠在车旁，冲肖宁微笑的漂亮姑娘。

郭巧娜三步并作两步冲了过去，嘴角上扬，她的声音娇媚里带着霸气，玉指指向肖宁，"他，有主了！小姐，十分不好意思，这个男人是我的。请你管好自己的大腿和春心！"

郭巧娜转过身，肖宁已在旁边立着了："我说的可否属实？"

肖宁头点得跟小鸡啄米似的："属实，属实，这么霸气、美丽的女人才配得上我。我心就那么大点儿，你这么大块儿头，已经被你塞得满满的了,哪还容得下别人?亲爱的,咱回家咯!"肖宁猛地抱起郭巧娜往车边走去,郭巧娜的幸福笑声像响亮的巴掌一声声拍打在那漂亮姑娘的脸上,凉在心上。

"这个社会怎么啦?长得帅的男人都喜欢不男不女的了?"那姑娘扬声道。

郭巧娜远远地扔下一句:"不男不女怎么啦,是胸没你大还是屁股没你翘?我全身上下都是父母给的原生态,没有哪一点比你差,虽然你砸了几十万整了个网红脸,不一定每个男人都喜欢。"

"亲爱的,不管你什么样都不重要,关键是合我口味,我真心喜欢你,这才是硬道理!"

"是这么个理儿。"郭巧娜和肖宁一唱一和,气得那姑娘扭头就走了。

"巧巧,你怎么不接电话,有急事找你。"郭巧娜刚上车电话就响了起来,她一看,糟了,林慕雪一连打了十几个电话,一定是有重要的事找她。

"大美人儿,有什么吩咐?不好意思,刚刚我和肖宁去溜达,电话放车里了。"

"巧巧,屈莹这几天跟你联系了吗?"

"没有呀!我没有接到她的电话。"郭巧娜这才想起来有几个月没有和屈莹联系了,还真有点想念有点担心那姑娘,此刻心里莫名地掠过一丝不安。

"巧巧,她最近没向你借钱吗?"林慕雪急切地问。

"借钱?"郭巧娜顿时感觉事情不妙,认识这么多年了,屈莹和她们之间没有任何经济上的往来，林慕雪怎么会突然这么问？一定是出了什么事了。"屈莹怎么了？她向你借钱了吗？没有向我借过钱呀。"

"巧巧，屈莹这两周天天在借钱，我先后给她凑了六万，李倩、李佳茵也都借了，而且数目不小。"林慕雪的声音里满是忧虑。

"她要那么多钱干什么？"郭巧娜的心一下子悬了起来，"卢浩的家庭条件还不错，她自己的服装店也有可观的收入，不至于去向别人借钱吧，是不是谁病了？"

"巧巧，我也不知道原因。"林慕雪说，"屈莹一天比一天憔悴，有时候神情恍惚，上次来我这的时候总是莫名地犯傻发呆，脑袋总断片儿，也不知道她遇到什么事儿了，问了她也没细说，只是说需要我们的帮助，她需要这笔钱，这能救她的命！我不忍心看她那样，就把工作室周转资金全都借给她了。"

"慕雪，不是我说你，事情都没弄明白之前你得慎重，你现在一个人挺艰难的，你的每一分钱都是辛苦钱，万一……"

"巧巧，大家多年的姐妹了，能帮一把是一把了。"

"慕雪，这事儿卢浩知道吗？"

"巧巧，我也纳闷，莹莹让我们几个都别告诉卢浩她借钱的事，我想卢浩应该不知道这回事儿。"

"那事情就挺严重的了，慕雪，你不能再借钱给她了，虽然是姐妹，也得明白事情的来龙去脉，心善有时候会害人害己的，我这话虽然不好听，但这社会有的事情就是要往最坏处想。"

"巧巧，我明白，你是担心我们，我这些日子心里也七上八下的，忐忑不安，总感觉有什么不好的事要发生。"林慕雪的声音有点颤抖。

"慕雪,你也别太担心,这样吧,你在家还是工作室,我这会儿去找你,咱俩去屈莹的服装店看看,再去她家里顺便看看孩子,很久没见那小家伙了。"

"好,我也有这打算。"林慕雪早就想约郭巧娜一起去找屈莹的,但想着郭巧娜正和肖宁热恋中,几次想说却没好意思开口,郭巧娜既然这么说了,她便爽快地答应了。

郭巧娜让肖宁先回家,自己开车去找林慕雪。见到林慕雪时她已在工作室的楼下等着了,看她那左顾右盼的样子,应该等了有些时间了,郭巧娜看得出林慕雪心里的担忧和焦急。

屈莹啊屈莹,你可别出什么事!郭巧娜在心里祈祷着。

"上车!"

"好。开快点儿巧巧,见不到屈莹我这心里闷得慌,这几天吃不好,睡不好,脑袋里总闪过这些奇奇怪怪的景象,我也不知道我这是怎么了,从来都没有这种感觉。"

"应该没什么大事,你别想太多了。"郭巧娜安慰着林慕雪,"估计我这阵陪肖宁把你冷落了,心里有点小寂寞,胡思乱想了吧,大美人儿!"郭巧娜俏皮地笑着。

"还有心思笑,就你没心没肺!"

"大美人儿,我心里也急,不然能把我的小鲜肉一个人扔下,第一时间过来找你?我不是心疼你嘛,看你急得脸都白了,就差眼泪掉下来了,嘻嘻!"

"就你嘴伶俐。"林慕雪勉强挤出一抹淡如云烟的微笑。

"到了,到了。"林慕雪兴奋地说,"店门开着,莹莹应该在店里。"林慕雪的心里顿时踏实了一截，悬着的心也落了下来。

郭巧娜没有像林慕雪那样兴奋，因为她仔细打量了店里的各个角落，并没有看到屈莹的影子，郭巧娜犀利的目光还捕捉到一个细节，屈莹的店里很久没有上新货了，现在已经到春季了，她的店里竟然多半还是年前的棉衣旧款，这让郭巧娜心里感觉十分不妙，屈莹一定是出事了！以前她是从来不会向身边的人伸手借钱的，她怕别人看不起她，她是个十分好面子的要强姑娘。服装店是她的心血，她曾经靠着这个小店养活着一家老小，她吃住都在这个小空间里，对于服装生意她有一套经验，生意一直红红火火，每次到她的店里都有不同风格的新款，紧跟时节和流行风潮，她店里的衣服都是单款单色，很少撞衫，今天这落败的迹象实在是意料之外。"屈莹！屈莹！"林慕雪进门就喊，里里外外走了一圈，她的目光所到之处并没有发现她想要找的屈莹，她这才发现店里换了一张陌生的面孔，冷冷清清的店子里一个陌生的女人怪异地望着她。

"哦，不好意思，我是来找我朋友的。"林慕雪不好意思地勉强挤出一点不自然的微笑，"我有点急事找她，请问您是？"

"我？"陌生女人不屑地望了一眼林慕雪，"我的店，你说我是谁？"

"你的店？"林慕雪的心一下子提到了嗓子眼儿，声音也有点颤抖。

"我的店！两周前刚转手过来的，你这么惊讶干吗？"

"我……"林慕雪顿时脑子一片空白，惊呆在那里，几次张了张嘴却发不出声。

郭巧娜把林慕雪拉到一边，对陌生女人说："请问转店的人去哪了？她为什么突然把店转了？"

"她去哪了我倒是不知道,世界那么大,谁知道她去哪里了。我只知道她急需钱所以把店低价转让了。"

"姐姐,您能说详细点吗?直言不讳地告诉您吧,我们是她的远方姐妹,很久没联系了,最近也没有她的消息,电话也打不通,心里挺着急的。原本我们想着来店里一定能找到她,谁知道……姐,我们希望能在您这里获取一些有用的信息。"郭巧娜的目光直视着那个陌生女人,字字句句说得很诚恳。

"哦,是这样啊。"陌生女人像是被郭巧娜的真诚打动了,她变得热情起来,搬来两个凳子,"你们先坐会儿,让我想想。"她突然想起了什么,说道,"哦,对了,好像是她老公急需用钱!因为大家都不熟悉,我没好意思多问,只是说了些店面转让的事情。"

"她老公急需用钱?"郭巧娜和林慕雪同时愣住了,她们用同样惊奇、诧异的目光对视了片刻,郭巧娜又突然想起了什么,急忙问道,"姐,她老公胖吗?"

"她老公你们不认识?"陌生女人投来奇怪的目光。

郭巧娜急忙说:"不是,好几年没见了,记得她结婚的时候她老公挺胖的。"

"胖?"陌生女人一脸的疑惑,她好像努力过滤着所有记忆,好半天说,"可能是这几年瘦了,那天和她一起来的男人挺瘦的,一米八几的身高,大眼睛,鹰钩鼻,阳光帅气。女人看起来惶悚,脸色蜡黄,嘴唇发白。那天拿了钱出门她就交到男人手上了,两人嘀咕了几句就匆忙离开了,样子挺急的。"

"哦。这样啊,可能家里出了什么事情。"郭巧娜察觉到了林慕雪脸上的惊讶，她的眼圈红红的，郭巧娜拉着她往外走，回头对陌生女人说，"谢谢您了姐姐，我们去她家里看看。"

"好的，你们慢走。"

"好。"

"巧巧，那个男的不是卢浩！我有不好的预感，莹莹是为了那个男人！她把自己豁出去了！真是不值！也不知道出了什么事，需要那么多钱，这算起来她前前后后借的快上百万了！"林慕雪急得快哭出来了。

"慕雪，别急。我们先稳住。别自己乱了阵脚，咱们去她家里看看什么情况。"郭巧娜强装着镇定。

"好，巧巧，开快点。"

"好！"

"你们俩怎么来了？"卢浩开门见到林慕雪和郭巧娜有点惊讶，"快进来坐。吃饭没？我给你们洗水果去。"

"不用忙卢浩，我和慕雪坐会儿就走，还有事。"郭巧娜进门迅速用自己的目光扫射着屋内的各处，"卢浩，屈莹呢？"

"屈莹？"卢浩迟疑了一下说，"她不是组团和姐妹们去旅游了？我还以为你们几个一起呢！平时就你们几个亲如姐妹，她好像说过去找你们商量行程的。"卢浩的脸上浮起一片疑云。

"哎，瞧我这破记性！年纪大了老忘事儿！上周她给我打电话说过，我当时和慕雪在商场，噪音太大，没说几句就挂断了，这家伙再也没打过来，回头我也忘记问她了。你还记得不慕雪？"郭巧娜冲林慕雪挤挤眼睛。

"是的，有这回事，我想起来了。"林慕雪随声附和着。

"卢浩,莹莹去玩你们不一起去吗?你们小两口正好浪漫一下,说不定还可以种个蜜月宝宝!"郭巧娜换了张俏皮的脸和卢浩玩笑起来。

"我也想去,可是——"卢浩指了指卧室里熟睡的孩子,"她怎么办?正是需要人照顾的时候,我下了班,时间都交给这小家伙了。莹莹最近情绪暴躁,也不知道怎么了就性情大变。"卢浩的脸上是一丝丝不断加深的忧伤,"让她去散散心也是好事。"

"那你给她钱了吗?走的时候?"林慕雪着急地问。

"给了。"卢浩的头垂了下来,"刚开始我说给她钱她死活不要,说话也爱理不理,冷冰冰的,不像一家人的样子——她说她不用我的钱!一家人,她不用钱还是给她存在卡上了。我这辈子对不起她一次,只想好好弥补她。我的工资都存在一张卡上了,名字是她的,密码是她的生日。走的那天早上,我悄悄打开她的钱包,里面只有几张零钱,我把卡放她钱夹里了。她店里经常进货周转,没有多少闲钱,出去旅游不带足钱怎么行呢。"

郭巧娜和林慕雪看得出卢浩对屈莹的疼爱溢于言表。话说对一个人爱的最高境界就是心疼,如今卢浩做到了,可是屈莹去哪儿了?郭巧娜和林慕雪有一种想哭的冲动,人最大的悲哀莫过于明白总在后悔之后!

"你对莹莹的好,她会明白的。"林慕雪说,"莹莹性格有些内向,有什么事情她总是一个人放在心里,很少轻易说出来。她好强,要面子,所以,有些事也别太往心里去,好好照顾孩子,屈莹回来我们再一起聚聚。"

"慕雪,这就走了?"卢浩有些疑惑,平时林慕雪和郭巧娜来这跟回她们自己的家一样,总要待上几个小时,和孩子玩儿上一阵子才依依不舍地走,今天的氛围怪怪的,总感觉哪里不对,进门没十来分钟就要走?

机敏的郭巧娜看出了卢浩脸上的异常,强作常态,猛地一拍他的肩膀:"怎么,卢浩,癞蛤蟆想吃天鹅肉!舍不得我们家大美人儿走?"

"哪儿跟哪儿呀!"卢浩的脸一下红到脖子根儿了,"郭巧娜就你一天说话没天没地的,什么玩笑都敢开。"

"我看你是有贼心也没贼胆。"

"巧巧。"林慕雪瞥了郭巧娜一眼,对卢浩说,"莹莹不在家,没人陪我俩,坐不住。再说今天有点小忙,果果在家里还没人带,回头有时间我们随时就过来了。"

"好。有时间就来。"卢浩把林慕雪和郭巧娜送出门,一个人瘫软在沙发上,痛苦地哭起来,他的双肩一高一低地耸动着,身子从沙发上滑到了地面,他蹲在地上,哭得像个孩子。此刻的卢浩像是喝了一杯冰冷的水,然后一滴一滴凝成热泪。

房间里传出了孩子的声音,她好像醒了,伸手把床头的东西打落在地上,发出一阵碎响。卢浩眼睛紧闭着,用牙咬着自己的拳头,想竭力制止抽泣,他不想让孩子看到他这一幕。

"跟她鬼混的男人住哪儿你知道吗?"郭巧娜咬牙切齿地问林慕雪,她的眼里有两团怒火在燃烧。

"我也不知道,莹莹从来没跟我提过这些,她那么内向的一个人,一向做事隐秘,她不说别人就无法知道。"林慕雪无奈地叹息一声。

"这个脑袋进水的家伙!"郭巧娜愤恨地说,"我敢保证,她借钱一定是为了那个渣男！真不知道脑袋里哪根线短路了！有个真心待她的男人和孩子，已为人母，何苦要挖个深坑往里跳！都三十几岁的人了，还寻刺激呢？我们这些八零后玩不起了！我现在真心想抽她！"

"巧巧，我认同你说的。我也觉得莹莹一定是和那个男人在一起，只是不知道出了什么事。"林慕雪不停地揉搓着自己的双手，焦急和担忧爬上她的满脸。

"慕雪，你仔细想想之前屈莹有没有提过那个男人的某些信息。"郭巧娜把所有的希望都寄托在林慕雪的身上，只有林慕雪可能知道屈莹那些不为人知的心事，因为林慕雪在她们几个朋友当中是话最少、最沉稳、最值得信任的一个人。

"我努力想想。"林慕雪不敢因为自己的疏忽而辜负了郭巧娜的满怀希望，也不能因为粗心大意放过任何蛛丝马迹，她十倍努力、千倍努力地去回想，一遍又一遍地在脑海里搜索过滤着之前屈莹和她说过的每一句话。

"哦，我想起来了！"

"想起什么了？快说！"郭巧娜和林慕雪同时兴奋起来。

"我想起来屈莹曾经跟我说过，那个男人怕莹莹受到他老婆的欺负，怕有朝一日东窗事发家里的母老虎会拼命，所以在酒店长期给她租了房间。"林慕雪肯定地对郭巧娜说，"一般他们都在那里，我想莹莹现在应该在那个酒店。"

"你知道名字和地方吗？"郭巧娜急切地问。

"知道。"林慕雪肯定地回答。

"好极了！那我们直奔酒店！"郭巧娜一脚油门，加速向林慕雪说的酒店方向开去。

在前台，郭巧娜查到了屈莹的房间号码，她和林慕雪几乎是小跑着进了电梯，到了二十八层，敲了好一阵子门才打开。眼前的屈莹像是被抽空了一样，她整个人显得疲惫不堪，仿佛疲惫从四肢钻到了皮肉里、骨髓里，刹那间，她的肢体、她的骨骼，都软绵绵、轻飘飘的了，这是不是就叫作"失重"呢？她像用了很大的力气才拉开房间的门，看到她俩，屈莹一下子像一摊泥似的坐在冰冷的地上，眼圈乌黑，哪还有力量站起来。

"起来到床上躺会儿，地上挺凉的。"林慕雪说

郭巧娜的脸阴沉着，她从进来到现在一句话也没有说，用力咬着自己的嘴唇，快咬出血来。屈莹的房间里像刚遭了贼一样，乱糟糟的，衣服、零食、垃圾扔了一地，桌子上的烟灰溅得四处都是，酒瓶凌乱地躺在房间的四角，屈莹像是在垃圾堆里觅食的一只可怜的流浪猫。

"莹莹。"林慕雪把屈莹半抱在怀里，嘴唇抽动了几次，没有找到合适的言语。

"那个男人呢？"郭巧娜还是没有忍住，"那个你爱得死去活来的男人就给了你这样不堪的生活？"

"巧巧！"林慕雪示意郭巧娜少说两句，她看到屈莹瘦弱的身子在发抖。

"好！我闭嘴，你问。"郭巧娜飞起一脚把身边的凳子踢翻在地上，背对着林慕雪和屈莹。

"莹莹，告诉我，发生什么事了？"林慕雪小心地问，"究竟怎么了？"

屈莹抬起头，她的眼里散发出绝望而无助的哀伤，那是两道可以刺

穿心脏的寒冷冰刃,她的牙齿把嘴唇咬出一道血痕:"他失踪了! 四天零九小时四十八分,我找不到他了。"

屈莹的脸上开始滚落豆大的泪珠,她从嗓子眼里发出凄凉的声音:"他可能死了吧,我想,一定是死了。"

郭巧娜和林慕雪同时怔住了,她们望着可怜的屈莹一时间语塞了。

"莹莹,你可能这几天没休息好,太累了,好好睡一觉,什么也别想,我和巧巧在这里陪你,睡醒了我们再聊聊。"林慕雪把屈莹平放在床上,帮她盖好被子。

"不,慕雪,别走! 我有事要告诉你。"

林慕雪刚想起身去给屈莹倒杯水,她猛地从床上坐了起来,死死地抓住林慕雪的手,像怕她走了再也见不到一样。林慕雪的手立刻出现了一片淤青,她和郭巧娜被屈莹的反常举动吓了一跳。

"莹莹,我不走,只是想去给你倒杯热水。"林慕雪把屈莹搂在怀里,她感觉到屈莹的身子在剧烈地颤抖,冰凉的手像从地狱里伸出来一般,死死缠绕住她的腰,好像怕一松手林慕雪就会消失了一般。

"没事,莹莹,你有事就告诉我,我一直在这儿呢! "

"慕雪,我这次选错了! 犯了不可原谅的错,我活不成了!"屈莹的身子抖得更厉害了。

"屈莹,拿出你的坚强,我们都在,别怕,有什么事情说出来,我们大家一起想办法。"郭巧娜的眼圈红了。

屈莹把郭巧娜和林慕雪紧紧地抱住,仿佛用尽了平生所有的力气。

"我爱他! 可是现在我发现他没有那么爱我! 他有很多女人,而且对每个女人都很好。我错了,错了,很荒唐的错误。"说着眼泪像是断了线的珠子朝下滚，暗淡的眼神透着寒冷，"在和他上床之前我忘了问自己，他是要和我睡一时还是一辈子！如果是一时，我应该转身就走的。可是，男人的话可信吗？"

"他有了别的女人就忘记了我，我恨他可是心里忘不掉！在爱情面前，爱得多的人是没有自尊的。他遇到了事才想起我，来讨好我，找我帮他，他说他有很多女人，但真爱的只有我一个，最傻的是我信了他的鬼话！"

屈莹发出几声让人毛骨悚然的冷笑："他赌博输了钱，四处躲债，走投无路，让我帮他借钱，不然会没命的。如果他不在了，以后就没人爱我了。我又信了——没有他了，谁来爱我？我问我身边能借钱的人帮他借钱，我把我的店低价转出去了，甚至用光了卢浩工资卡里的积蓄，给他差不多凑了一百多万，可是他拿着钱竟然失踪了……"

"莹莹，别想太多，你需要休息。"林慕雪拍拍屈莹抖个不停的肩膀，小心地安慰着，"先休息休息。"

"我实在太累了，这里。"屈莹拍了拍心脏的位置，"这里又疼又累，压得我喘不过气来！这些天，想说出来却不敢告诉任何人。现在给你们说开了，心里舒畅多了，我可以闭眼睡会儿了。"屈莹安静地躺在床上，闭上疲惫的眼睛，呼呼睡了，嘴角划出一个似哭似笑的弧度。

郭巧娜和林慕雪把凌乱的房间整理了一下，看屈莹睡得很沉，两人不忍心打扰她，轻手轻脚出了门，准备下楼给她买些吃的，屈莹应该好几天没吃过一顿像样的饭菜，房间里没有任何可以充饥的东西，看得林慕雪和郭巧娜心里阵阵刺痛。

郭巧娜和林慕雪刚出电梯朝外走，突然听到"啪"一声巨响，分明是有东西从高空坠落的声音,那是一种世界毁灭的声音!林慕雪和郭巧娜的心猛地被刺了一下,还未来得及细想什么,便听到酒店门口有人在叫着:"不好!有人跳楼了!"

"是个女的!"

人群中不断有人发出惊呼,林慕雪的脚像灌了铅一样沉,双腿酸软无力,仿佛支撑不住身子,随时可能砰然倒地。郭巧娜的脸色十分难看,她的眼圈红得快渗出血来,一只手用力拉扯着林慕雪,另一只手用力推开人群,向事发地点奔去!她们想证实事情没有想象的那么糟糕!

郭巧娜终于看清了,前面有一个男人哭成了泪人,那是卢浩,他光着上半身,他的白衬衫包裹住了一个女人的头部,雪白的衬衣染成了鲜红色,带着血腥味的浓稠血液不停地往外渗。是屈莹!她果真是活不成了!

郭巧娜这才想起来,她和林慕雪来的时候身后好像跟了一辆黑色的车,那是卢浩。从她们上楼,卢浩一直在楼下等着,他那么聪明细心的一个男人,其实什么都知道,只因为他爱屈莹多一点,所以他装得若无其事,默默地等她回家。他始终相信他的宽容、默默守候,有一天可以感动屈莹,等她明白过来的时候还有一个家可以回,有一个男人在身边守护!而这辈子真正爱她的人是她孩子的父亲!卢浩等到了,却是一具冰冷的满身血迹的尸体!

从屈莹的葬礼上回来,林慕雪的心里空荡荡的,脑海里始终浮现、跳跃着一段文字:现在我们能够做的,是找一个静静的地方,让自己静静地思考,明白该如何做,才能够不让珍贵的东西、重要的人再次失去。明白该如何做,同样的错误不会再次发生。从中吸取经验,吸取

力量，继续坚定地前行，寻找喜欢的东西，碰到真正爱的人，去做正确的事！

卢浩给屈莹办了很体面的葬礼，他说生前让她受了委屈，死后让她安宁地走，了无牵挂地去重新投胎做人，做个情商高的聪明女子，就不会再走错路。她始终是自己的妻子，她生前欠下的债，卢浩用余生来偿还，他详细记录了身边好友的账目。

卢浩的表情平静得像一潭死水，看得周围的人心都碎了。夕阳下他独自抱着孩子，目光久久凝视着屈莹往日回来的路，像一尊消瘦的雕塑，在余晖中散发着古铜色的暗光。

二十三

"我不喜欢说话却每天说最多的话，我不喜欢笑却总是笑个不停，身边的每个人都说我的生活好快乐，于是我也就认为自己真的很快乐。可是为什么我会在一大群朋友中突然沉默？为什么在人群中看到那个相似的背影会难过？看见秋天树木疯狂地掉叶子就忘了说话？看见天色渐晚路上暖黄色的灯火，就忘了自己原来的方向？我落日般的忧伤就像惆怅的飞鸟，惆怅的飞鸟成了我落日般的忧伤。"李倩听着电视剧里女主角的独白潸然泪下，她看着那张忧郁的脸和镜子里的自己一模一样，岁月是把杀猪刀，这几年把她屠宰得失去了最初的模样，她忘记了最真最美的自己去哪儿了。

李倩收拾好自己的两大箱行李，准备拉上窗帘出门的时候，她的脚步止住了，在熟悉的房间里，有曾经甜蜜的气息。翻开每一本李明浩最爱的书籍，上面留有他的指纹，抚摸每一件他穿过的衬衫，有汗液和洗衣液的清香，仿佛时光都忘了流转。书桌抽屉里有往昔李明浩最喜欢的明信片，明信片上是他写给李倩不同的祝福，如今再细细看，每一个都温柔得让人怜惜。

李倩用力拉上抽屉，甩下几滴冰凉的泪水重重地砸在冰凉的地板上,头也不回地出门了。她登机前给李明浩发了最后一条信息:"我并不想让你看到一个悲伤的我,为了让你放心我一直在努力。如果今天的决定刺痛了你,请你原谅我的自私,我并不想伤害你,更不想让你为我而伤心,我答应过你,我会为你而坚强,不再悲伤。"

李明浩开车飞奔到机场的时候,李倩的飞机刚好飞过他的头顶。她说她累了,她需要一个陌生的地方放空自己,她说她想在法国巴黎学习那些姑娘们如何做个优雅的太太,她应该活得更洒脱些而不是现在迷茫的样子。

"很想你,是那么地想念你,那种慢慢腐蚀到心底的疼痛,时刻提醒着我,心中有你存在,一直存在在我的生命中,不曾消失。时光带走彼此的容颜,不会淡忘内心的感动。真的特别想念你,原来在某一天,对你的想念也变成了我不想品尝、不愿体会的咖啡。

"就是在梦里,也在轻轻呼唤着你的名字,或许你是一粒种子,早已植入我的心田,在日子里发芽茁壮,缠绕在心房。看不见你的时候,思念像一座山压在胸口;看得见你的时候,快乐像条河涌进心头,我不习惯你不在我身边的日子。

"漏长香拢,云飞无影,莺鸟声声啼在纤瘦的梢端,望断天涯,那是用思念染就的海月清辉,是心中无法抹去的帷幕。或许,还有一寸难以潇洒的愁肠。明月在彩云堆里,亦把思念不经意间堆满了眉头心上,今夜,箫还在,紫玉寒箫,一曲吹落背影旁的明月玄珠,而你今在何方?"

李倩好几天都没有接听李明浩的电话,她真的想一个人静静,这些年她在看似光鲜亮丽的生活里过得也很辛苦了,已经到了绝望的边缘,咬咬牙狠心丢下她爱的男人。她不敢接听他的电话,她怕一个不忍心又被他的甜言蜜语感动了，又回到他的身边，回到那个她喘不过气的家。李明浩不停地给她发信息，字里行间满满的都是思念，李倩甚至可以嗅到他泪水的味道，凄苦而孤独。

李倩到法国的第二天特别想念美丽、善解人意的林慕雪，她有些后悔在临走前没有和她畅谈一宿，没有一起品茶、听歌，没有再次拥抱她那温暖的怀抱，她最钦佩最喜欢的闺密当属林慕雪了，她知道林慕雪一直牵挂着她的幸福，她也替林慕雪担忧，那么优秀的一个女人，却没有找到一个合适的男人在身边照顾她！李倩想她应该给林慕雪打个电话或者发条信息，要不然因为担心自己，她会瞎猜，会失眠。

林慕雪收到李倩的信息突然平静了下来，虽然有些惋惜，但更多的还是支持李倩的选择，在屈莹走后，林慕雪突然明白，人不能压抑太久，不然会生病，会失重，会迷茫甚至跌落低谷。

李倩用了长长的篇幅给林慕雪诉了衷肠：

亲爱的慕雪，请原谅我的不辞而别。当你看到这条信息时我正在巴黎的街头踏着自己孤独的影子散步。这冷冷清清的悠长街角让我忘记了繁华的模样，我捂着疼痛的心埋葬了李明浩的点滴。这些年他给了我爱，可是，他的家庭让我喘不过气来。

当年并没有父母之命媒妁之言，我们开始了轰轰烈烈的自由恋爱，我把他视若珍宝，满心情愿地结婚。围城门口，我笑颜如花，信心满满。三两年的光景，原来争吵和誓言一样掷地有声，原来家庭琐事和少年愁绪一样剪不断理还乱。曾将我捧在心尖儿掌上的李明浩如今对婆媳矛盾充耳不闻。我的身子不争气，两年了一直没动静，但我忍着巨大的压力，整日面对他父母的冷言冷面，一直没放弃努力，在我仰头灌下

那无数碗气味难闻的黑色汤药时，却看到全家人心安理得的眼神。夜深人静我流泪，李明浩以为我是胃痛，实际上是满腹委屈！

无数个日子我孤军奋战，奔波于各大医院，请中医、教授调理身体；无数次婆媳龃龉他有口难辩。他总劝慰我，父母年纪大了，着急抱孙子，没有坏心，忍忍就过去了。那时我委屈的是李明浩在不成熟面前的有心无力。世界上最远的距离，不是你在我面前却不知道我受伤，而是李明浩他睡在我枕边说着爱我，却始终无法同频共振，在孩子和父母的问题上，我和他的距离越来越远了。

自从嫁入李明浩的所谓豪门之家，我换了个模样，我不再无理取闹，永远大方得体，滴水不漏。我不再刁蛮任性，经验升华为哲学，教训转化成智慧。即使无助来袭，孤独噬骨。我不再轻易哭，我已把自己的眼泪当珍珠。我的一颗心变得坚强，同时也在变得坚硬。一个女人不再哭，其实是血已冷。我想要的安全感自己能给，我强大到无需有人陪。而当夜雨打秋窗，我发现，我还是渴望李明浩能给予一些疼惜、懂得与温存，除了物质之外。

我并不否认李明浩爱我，其实除了孩子问题引起的家庭矛盾，他在生活中一直对我很好，既懂浪漫又会心疼体贴人，可每每在他父母为孩子的问题冷嘲热讽，矛头指向我，一刀一刀言语划破我心脏的时候，他就是个孝顺的儿子而不是我的爱人我的丈夫，一句半句都未曾替我辩驳过。他父母冷冰冰的脸和眼里散发的怨恨目光，像绿荧荧的鬼火，令我胆颤心惊。这种压抑的家庭氛围，使我害怕回家，害怕争吵，我的心凉透了，我感觉我离疯不远了……

自从屈莹出事以后，我才毅然决然地决定，要为自己活。人生不售回头票,失去的便永远不再有。我们都老得太快,却明白得太迟。我想给自己留下一段光阴,陪自己安静地走过这段时光,在这段时光里暂时放下李明浩,放下我的家庭琐事,去读一本书,看一山风景,听一曲古筝,游玩一个陌生的城市,在这段宁静的光阴里找回我自己。把心放空,然后看清楚自己的内心想要的生活究竟是什么样子的。那个时候再决定是回到李明浩的那个家还是我们好聚好散,我相信时间会给我明确的答案。

李倩的字里行间伴着潮起潮落,林慕雪看到那个娇柔、美丽的女人从惆怅、满腹委屈、心伤和彷徨中挣扎着,一次次跌倒,再一次次重新站起来,眼泪在脸颊上风干后,笑容逐渐凝成形,快要显露出来,最后她终于挣开了迷雾萦绕,平静地选择了自己的路,她有她的轨迹,她生活的方向,最终她是自由的……想到这里,林慕雪欣慰地笑了。

二十四

有人说,两个人适合才是长久!而爱情会过期,人的一生会爱上很多人,不过是被道德舆论束缚了,但不是爱上的每一个人都适合婚姻!生活是平淡的、琐碎的,日子久了都一样。就好像被窝里的一个响屁,情人之间觉得逗趣,夫妻之间觉得无趣,就这么简单!

郭巧娜最近一直被困扰着,是要嫁给爱情还是嫁个合适的人,到了三十二岁的年纪,她有点慌乱了。她不愿意被戴上大龄剩女的帽子,肖宁家里父母催促多次了,有几回肖宁的母亲很严肃地对肖宁威胁:郭巧娜再不准备结婚我就立马给你重新找个姑娘。

肖宁当时一脸的无奈,他看了看郭巧娜阴沉的脸,嬉皮笑脸地跟他妈妈说:"这事儿急不来,得等我未来的老婆想好了,这样我才能高高兴兴地把她娶进我们肖家的门。"

这段日子发生了太多事,给郭巧娜的心里蒙上了一层阴影,屈莹走了,李倩也和恩爱甜蜜的李明浩分开了,独自流浪在法国,林慕雪依旧单身着,肖羽泉虽然仍保持着对林慕雪的不死追求,但他们之间越来越淡了。郭巧娜在这个时候考虑谈婚论嫁,心里难免迷茫,她不知道如果真的结婚了会是什么样的生活在等待着她。她豪爽,任性惯了,婚后有家庭,有父母,她还能做原来的自己吗？她不想步屈莹、李倩的后尘。想到结婚,想想婚后的种种,郭巧娜的心向下沉,她感觉呼吸都费力,她在心里一遍又一遍问自己,你想好了吗？她听到一个声音:有点忧虑。

"亲爱的,我发誓这辈子用我的生命来珍惜你,在千万人之中找到你太不容易。我会忠诚于你,忠诚于以后我们组成的家庭。我会努力工作,让工资卡上的数字足够你吃喝玩乐,不受生活之苦。无论我有怎样顽劣的脾性,在以后的家里你是女主人,一切听你指令,我甘心随你左右。我只想看见你笑,不想你落下一滴眼泪。我会用十倍、二十倍的努力让你幸福。爱你到深处,我愿意给你一个家,家里有你有我有爸妈有孩子。我会努力让你感受最接地气的幸福,绝不让你受委屈。亲爱的,我知道谈到结婚,你有压力也很迷茫,但这是我们要到达的归宿,是我们的责任、使命。你要相信你自己的眼光和选择,也一定要相信我,我是那个爱你如初,疼你入骨,携手一生,永不辜负你的人！"

郭巧娜的彷徨、犹豫同样折磨着她自己,也让肖宁内心备受煎熬,在午夜三点四十分,郭巧娜收到了肖宁以上的内心独白,她的心底一阵热浪涌过,她感到这个比自己小的男人是刻骨地爱她,从这些日子的交往中,郭巧娜感觉到了肖宁是个成熟稳重的男人,虽然他的外表俏皮,看起来像个花花公子哥,但确实是个不错的好男人。这样一个把她放在心里的男人如果她再不珍惜,那这辈子估计再也找不到更好的结婚对象了。肖宁说得对,再轰轰烈烈的爱情的归宿是婚姻,肖宁和郭巧娜也不例外,是时候该做决定了,这个年纪的自己一分钟也耗不起了。

郭巧娜抬头望望窗外,月光使整个夜晚改变了颜色。没有月光的

夜,除了黑暗便什么也没有了。虽然星辰闪烁却无法将大地照亮,让人感觉到厌倦和恐惧。在月光下,一切都变得丰富多彩,不像那样只有单调的黑色。银、黑、蓝,这便是月光的色彩,从深到浅。郭巧娜想,肖宁就是她的月亮,有了他以后的生活才不会是单调的色彩,她终于下定了决心,给肖宁回了信息:"我们结婚吧!"

"谢谢亲爱的!我终于等到这激动人心的一刻了!"肖宁简直是秒回,可以想象他等得多急切,肖宁发了无数个亲吻和拥抱的表情。那一夜他们都在幸福里失眠了,醒着,笑着。

郭巧娜和肖宁找人定了黄道吉日举行婚礼,接下来是婚前的各种忙碌,两人早早预订了酒店,用肖宁的话说结婚场地一定要豪华、大气,才配得上这么高大上的新娘。订了酒店,两人安排了假日去拍婚纱照和谈婚庆各项事宜……婚前各种准备安排妥当后,肖宁查看了各大旅行社,准备婚后的蜜月之旅。肖宁跟郭巧娜说:"亲爱的,你想去哪儿咱就去哪儿,你只管选地方,其他一切由我安排。这可是咱们这辈子最重要的日子,我一定要尽心尽力让你开心、幸福,绝不辜负你。"

"亲爱的,咱们去马尔代夫潜水怎么样?"郭巧娜的脸上满是幸福的光彩。

"好。你去哪儿我随你其后。"肖宁一副待命的乖巧样儿。

"亲爱的,到时候我们顺便要个蜜月宝宝,给她取名蜜蜜,寓意你我相亲相爱、甜甜蜜蜜一辈子可好?"肖宁的眼里满是期待!

"你想得还挺美。还没把我娶回家就想着儿子、女儿。"郭巧娜瞪着肖宁,"你这目的不纯呀。"

"亲爱的,你想哪儿去了?我不是这么说说吗?你不乐意那就算了。"

肖宁怕自己无意间把郭巧娜惹生气了,他知道郭巧娜的驴脾气一来亲爹亲娘都不认。肖宁是心疼郭巧娜的,他不愿意看她生气的样子。

"傻瓜。"郭巧娜把头靠在肖宁的怀里,"都要嫁到你肖家了,生宝宝还能少得了吗?"

肖宁的眼里满是感动,他把郭巧娜的下巴轻轻托起,深情的目光能把郭巧娜燃烧成灰。

"这么看着我干吗?"郭巧娜被肖宁的强电流击倒了,她满面羞涩地推开肖宁的手。

"亲爱的,现在我觉得我是这个世界上最幸福的人了,一个男人找到自己心仪的姑娘,并能在以后的每月每日天长地久与她朝夕相处,看她的笑脸灿若桃花,听她的歌声宛如夜莺,看她的背影都能幸福得嘴角上扬,默然出声,那是这辈子最幸福的事。谢谢你,亲爱的。我希望以后,我可以永远拉着你的手过马路,每个夜晚拥着你安然入睡,梦里依旧是你和我的故事。"肖宁像个诗人向郭巧娜深情诵读着一首用心和全部热忱谱写而成的诗,今生今世,只此一首,只为郭巧娜,只因为爱她深入骨髓。

"今天这是怎么了?感情泛滥!"郭巧娜怪笑地看着肖宁。

"哎!"肖宁叹了口气,"想想当初追你追得那么辛苦,好不容易咱们走到如今这地步,我还不算功德圆满。一天没把你娶回家,没能亲眼看见你为我穿上白婚纱,手捧玫瑰,嫁入我肖家名正言顺做我肖宁的女人,我这心里就不踏实。"

肖宁的头突然低垂了下去,再抬起来的时候那些阳光灿烂暗淡了下去,他的声音像黑夜里的风透着寒凉:"最近越想尽快把你娶回家,

心里就越不踏实,总担心这做不好,那你不满意,一生气扭头就走了。我怕突然会生出什么变故,让你离我而去,我不敢往坏处想,那是致命的伤!"

听着肖宁忧虑的声音,郭巧娜的心里突然咯噔猛地往下一沉,仿佛一个来不及躲闪一把锋利的尖刀刺穿了她的心脏,疼痛在一种血腥味里蔓延开来。郭巧娜使劲摇了摇头,从恐慌中回过神来,她在心里责怪自己:跟着肖宁瞎想什么? 脑袋进水了! 不过就在刚刚,心真的猛烈地被刺痛了,那种感觉是那样的真实。

"幸福来得太突然,一时你不知道是醒着还是在梦里,你的小心脏一时太兴奋,负荷太大了。脑袋该清清内存了,免得短路。"郭巧娜拍拍肖宁的肩,"想什么都别胡乱悲情地想象,那是病,得治!"

"嗯,我病了。"肖宁摸摸自己的头,"得治,得治。这辈子你就是我的药,好好给我治疗。"肖宁突然紧紧地把郭巧娜抱在怀里,他的力气比任何时候都要大,好像怕一松手,郭巧娜就不是自己的了。

爱如花,花凋落;是雾,风吹雾散;永远握不住的,凉……

昨夜,无风无雨,却花落一地。郭巧娜清早起来,望着秋后满地落花,不知因何,感受到一阵透骨的寒意。

这个轮转的季度,如故地凋零了那一片翠林,泛黄了那一缕林影,散落了那一树残叶,铺天盖地的伤痕,却无声音……气息中带来了已被风干过后的记忆,带走了那种淡然恬意的闲适,再次悲怆在这秋的苍凉,哀伤在这秋的凄清里——这是一个遗憾的季度……

郭巧娜和肖宁约好去酒店熟悉婚礼程序,她和肖宁的婚礼注定是这个城市里万众瞩目的一场豪华盛宴,不容疏忽。刚收拾好准备出门,郭巧娜的手机急促地响了,那是一个陌生的号码,郭巧娜挂断了三次,对方依旧很有耐心地一遍又一遍地打了过来。

"喂,烦不烦!"抓起电话,郭巧娜很不耐烦地冲电话里吼了起来。

"您好,郭女士,我是杨律师,我受人所托,有重要文件送给你签署,请问您今天能安排时间吗?"

电话里一个陌生男人的声音,那人自称律师,那一定是重要的文件,郭巧娜沉默了片刻,问道:"什么文件,受谁所托?"

"很重要的文件,我们可以见面谈吗?"

"是谁托付于你?"郭巧娜有些不耐烦地追问。

"受托的那位先生因病昨日不幸去世了,他叮嘱今天一定要把这份文件送到您手里。"

郭巧娜的心无意间被刺痛了,全身猛地抖了一下,"去世了?"

"你在哪儿,我去找你。"郭巧娜感觉到了事情的严重,她询问了律师的地址,直奔下楼,一脚油门就上了高速。

"亲爱的,你怎么回事,我打了十五个未接你也不回我一下,出什么事了吗?"肖宁的电话一个接一个,郭巧娜刚接通,听出肖宁在电话里有些不满,更多的是担心和关怀。

"开车呢,在高速上,有急事,忙完我再回你。"肖宁还在说话,郭巧娜已经挂了电话。

在一个小区的办公楼里,郭巧娜见到了那个和她通话的陌生律师,他年纪约莫四十五六岁,鬓角的头发略微秃进去一些,眉毛浓黑而整齐,一双眼睛闪闪有神采,高高的鼻梁上架着一副眼镜,看见郭巧娜进来他嘴角上扬,微笑时露出一口整齐微白的牙齿。郭巧娜仔细打量着眼前这个眼熟的男人，突然，她的心开始往下沉，一点一点有些喘不过气来，"你，你是……你是……"郭巧娜的嘴唇颤抖着。

"对，我是柳兵的朋友。我们见过一次，我叫杨峰。"

是的，这个叫杨峰的律师是柳兵的密友，之前柳兵的确带郭巧娜见过他一次，难道是柳兵出了什么事？郭巧娜的旧伤口咔嚓裂开了，正在剧痛地往外流着血水。

"你先休息一下。"杨峰脸上的笑容逐渐消失了，他递给郭巧娜一杯热茶，示意她坐下。

"你说，找我什么事？"郭巧娜用很大的勇气提出这个问题的时候她已经后悔了，确切地说，她还没有准备好迎接这个即将从杨峰嘴里说出的事实。

"郭小姐，在我告诉你这件事情之前，请你做好心理准备。"杨峰的脸上阴云密布，一种悲伤从他的眼里爬了出来，整间屋子里的快乐瞬间消失了，沉闷的空气压抑着人的心，郭巧娜用力咬了咬嘴唇："你说吧，我听着！"

杨峰从文件柜里拿出一份遗嘱递给郭巧娜，她分明看到了那两个刺眼的大字——柳兵！在那一瞬郭巧娜听见全世界坍塌的声音。

"这是柳兵生前留给你的，这幢房子是按照你的喜好装饰的，本来是准备你们婚后生活用的，可惜天妒英才，柳先生身染恶疾……这个卡上的存款是他半生的积蓄，足够你这一生衣食无忧，走前柳兵先生最放心不下的就是你了……在他闭上眼睛前十分钟跟我通了电话，交代我一定要把这件事情办妥，柳兵他说，让我转告你——他爱你如初，疼你入骨，却不能携手一生，最终辜负！来生他再来偿还。他说你笑起来全世界的阳光都黯然失色,他希望你永远微笑地活着。"

"他得的什么病!什么时候得的?为什么不告诉我!"郭巧娜像头发怒的狮子,扑向杨峰,用力抓住他胸前的衣服怒吼道,"我要的不是这些物质的东西!他凭什么不告诉我!"

"郭小姐,请你冷静一下。"杨峰诚恳地说,"我听柳兵多次提到过你,你是个好姑娘,他这么做是因为爱,他不想让你哭,只想看你笑!用他的话说,他要把最好的都留给你。"

"最好的!他都把我一个人孤零零的扔下,一个人去了天堂,这是最好的结局吗?这就是他想要的?"郭巧娜瘫软在地上,她蹲在墙角,一个人哭得像个孩子。

柳兵像个不散的幽灵,在郭巧娜的世界里再现了,她的眼里、心里、脑海里全是柳兵,过去的点滴细细地回放着,那些郭巧娜以为埋藏了的记忆重新长出翅膀飞了出来,鲜活鲜活的……

从杨峰的口中,郭巧娜知道,柳兵早年丧偶,他是个用情专一的男人,认识郭巧娜他是用心去爱去疼了。就在和郭巧娜准备结婚的前两天,他突然晕倒了,去医院查出了肝癌晚期,余生不足短短一年半的时间,郭巧娜正是如花似玉的年纪,柳兵不能因为自己自私的爱毁了她一生,所以在即将举行婚礼的前一天,他自编自演了一场悲剧。柳兵说爱一个人就要周全地替她考虑,柳兵选择了让郭巧娜恨他一段时光,幸福一辈了。他不能一生陪伴就松开手,让更好的人去爱她,照顾她!柳兵一个人去了遥远的地方养病,每日每夜受着相思之苦和病痛的折磨。他无数次拿起电话拨下了一串数字,却始终没有按下去,他没有忍心拨通郭巧娜的电话,他告诫自己不能去打扰她的安宁,不能让她不幸福……

从杨峰的办公室出来,郭巧娜几次脑海里一片空白,她哭了又笑,笑了又哭,这个世界最大的悲剧莫过于我全心全意的爱一直在,你却不在了。有些人会一直刻在记忆里,即使忘记了他的声音,忘记了他的笑容,忘记了他的脸,但是每当想起他的那种感受,是永远都不会改变的……郭巧娜想起柳兵,他那入骨的柔情又一瞬间温暖了她的全身,可伸手再也摸不到他的脸,找不到依靠的肩膀……

"郭小姐,你可以吗?用不用我送你回去。"杨峰看到郭巧娜的状态悲伤到了骨子里,不放心她一个人开车。

"不用!"郭巧娜冲杨峰摆摆手,一头钻进了车里,她的车像郭巧娜失重的身子,歪歪斜斜地开了出去,消失在杨峰的视线里。

"早知道和你注定是无尽的忧郁,我却不知该如何收回我的心意。不能说出的故事,一场美丽的相遇,爱是一场不悔的沉醉。肖宁,对不起,我累了……这辈子我唯一对不起的人就是你了……如果有来生,我一定报答你……"

收到郭巧娜的信息肖宁的心一下碎了,原来他这些日子的莫名烦躁是预兆,灵验了!他和郭巧娜真的会有不好的事情发生,明天就是大婚之日,一切都准备就绪了,在这个时候郭巧娜消失了一整天,傍晚时分才收到这样一条令人不解的信息。肖宁快疯掉了,他一遍又一遍拨打着郭巧娜的电话,开始是无人接听,再后来就关机了。肖宁疯了一样满城地去寻找郭巧娜,去他所知道的郭巧娜可能去的任何一个地方。

夜那么静,静得让人有点想哭,肖宁孤独地站在冷清的街角,放眼望去,灯火朦胧,仰望天空,零星点点。他苦笑,如此微弱的光芒怎抵得过黑夜的覆没?

"肖宁,你快点过来,巧巧出车祸了,正被送往医院抢救!"凌晨两点半,肖宁在电话里听到林慕雪带着哭腔的颤抖声音。

刺鼻的消毒水味,伴随而来的是那一股阴冷的风,无端恐惧侵蚀着来到这里的人们,如果你的心理足够阴暗,在你看来,那就是一个断头台,而那些穿着苍白衣服的刽子手会随时要了你的命。人们说医院是个晦气的地方,布满死亡气息的地方,绝望、悲伤、害怕……

屋外寒风呼啸,白色的建筑在暴雨中似乎飘忽不定,恍若天降之物。二楼病房是重病患者的房间,每个房间里都充满着死亡的气息。吊瓶滴答作响,仿佛在给每一位穿着条纹病服的人们的生命倒计时,尽管也有乐观的人们努力破坏这沉闷的气氛,但始终比不过那股死亡的气息。

郭巧娜躺在白色的病房里,白色的床单和天花板就像她的脸一样白得恐慌,她不笑也不哭了,只有微弱的呼吸声和不规律的心跳。死亡笼罩着白色的建筑,暴雨倾盆,屋外唰唰作响的雨声又让病房多了一份绝望的死寂。

肖宁紧紧抓着郭巧娜的手,从进来的那一刻到现在,他一刻也不愿松开,她的手是冰凉的,肖宁想把他全身的温热传递给她,让她感觉到自己火热的爱在呼唤她! 肖宁知道,郭巧娜一定在努力和死神搏斗,他想努力,再努力让她感觉到他的存在,他的深爱!肖宁靠得郭巧娜很近,以便她能清楚地听见他的心跳声,那是肖宁在呼喊——亲爱的,我在等你,快点醒过来!

二十五

这些日子，肖宁一直陪在郭巧娜的身边，看到肖宁，林慕雪突然想起一句贴切的话："这个世界上有一个人是永远等着你的，不管是什么时候，不管是在什么地方，什么状态，反正你知道，总有这样一个人。"

林慕雪一直都觉得郭巧娜是幸福的。在她这半生里，她用她特有的魅力吸引了两个深爱她的男人，都爱她如初，疼她入骨。爱情没有固定的期限，用心了，真爱到骨髓里去了就是永恒。柳兵给了她一份永恒的挚爱，虽然不能携手一生，但在爱的世界里郭巧娜已经足够幸福了。林慕雪后来想想，也许郭巧娜太善良太完美，所以上天赐给她两份真爱，最终派一个阳光帅气的肖宁守护她余生……

有些伤口，无论过多久，依然一碰就痛；有些人，不管过多久，也还是一想起来就疼。看到肖宁，林慕雪的脑海里飘过了肖羽泉的影子……

也许总有些东西会留在生命的最深处，深深浅浅的痕迹，当心轻轻拂过，已不会感到疼痛，只有一份麻木。喝着咖啡，苦苦的味道，快乐与忧伤，一切都已成为过去，依然能感受到那份真实与感动、虚伪与悲伤。眼泪，悄悄滴落在咖啡里。回忆悄悄爬上心头，林慕雪、肖羽泉的片段重现,那些渐行渐远的时光暗淡了往日的热情。肖羽泉没有像以前那么热情地每日给林慕雪打无数次电话,闲下来就嘘寒问暖,也许是因为林慕雪的冰冷凉了爱情的热度,也许是因为时光终会淡了这一切的激情……

肖羽泉会间隔上一段时间死皮赖脸地给林慕雪发信息,把他加入黑名单,他就会更换不同的号码发,言语间都是些寒暄的话,似乎只是为了证明他的爱依然存在,或者为了提醒林慕雪,她的世界里有他存在。肖羽泉最终也没有下定决心和李静办理离婚手续,一天一天,一年一年,不痛不痒地过着。时间是个可怕的东西,林慕雪认为念念不忘的某些画面渐渐模糊了,她以为会用十年忘记的人和事短短三五年光景就已经忘得差不多了,还剩下些零散的片段,再也燃不起她的热情。对于肖羽泉,林慕雪在过去的期许中或多或少还是失望了,她现在冷静下来细想,当初她选择忘记和保持距离是对的。她相信时间会把最好的留给自己。

"慕雪,你这几天忙吗?"

"佳茵,有事吗?这些天我要每天去医院看望巧巧,她还没有醒过来,你有事吗?"

"哦,不知道巧巧什么时候能够醒过来?"李佳茵的声音沉了下去。

"佳茵,有事你说。我尽量安排开。"林慕雪的声音有些疲惫。

"慕雪,我想开个 party。之前因为你们大家都有事,没能把大家聚集起来。最近发生了太多的事情,我和老公的相处也不融洽,我感觉我们这些人活得好疲倦。先是你和柳逸枫分开了,这么久也不见他的消息,就像空气中消失了一样。有时候我不得不感慨,情到深处是情比金

坚,情到结局是淡如云烟,飘着飘着就没了。我们姐妹几个,也没有一个是顺顺利利,把爱情、婚姻经营得妥妥当当的。先是屈莹走了,眼馋着李倩嫁入豪门,过着官太太的生活,结局也不尽人意,也不知道她在法国过得好吗。那么爷们儿的郭巧娜,也没有逃出情网,爱情就是一剂最毒的药,一旦你吞下了,融入血液里,就祈祷千万别出现什么差池,一个不小心就让你非伤即残……"

"佳茵,时间走得太快,我们都被推着跌跌撞撞前行,这些日子,突然感觉时光黯然,我们要在承受中迅速成长起来了。"无限的忧伤从林慕雪的骨子里爬出来,钻到她的声音里传递给了李佳茵。

"慕雪,你最近又要跑医院,还得照顾果果和打理工作室,太辛苦,别累坏了,一个人自己要学会照顾自己。现在就剩下你和我还算安宁,可千万别再出什么事了……"

"佳茵,别太悲观,要相信,上天还是会眷顾我们的。因为我们都是善良的好姑娘。虽然今天下雨了,明天一定会晴朗起来的!"林慕雪的声音强而有力,像太阳光芒直射进李佳茵这些天心里沉积的潮湿里。

"慕雪,我最欣赏的就是你永远不会长久地被任何事情所困扰,永远都打不倒的样子。再大的事到了你那里总能把它转换个角度融化了。你身上的这种品性是金子般的光芒。谢谢你一直在我们姐妹的身边。慕雪,希望再过十年、二十年,时光不老,我们不散!"

"时光老了,我们也不散!"林慕雪笑着说,"等老了,我们一起听听戏曲,凑一桌喝茶、聊天。也回味回味我们年轻时的快乐!"

"好。有你这句话就足够了。"

"佳茵,一路走来,我们都是最亲的人。是朋友,是姐妹,是亲人! 现在只盼望巧巧能早点苏醒过来。"

"会好起来的,一定会好起来的! 神灵会保佑她的。"

"佳茵,想开 party 就开吧! 趁我们还有机会一起狂欢。这些幸福我们用一次就少一次。你想办就办一场,这个想法你早就有了,在心里搁置了那么久,现在该实现了,我们都等不起时光! "

"好,谢谢你慕雪。那我开始张罗,差不多了我通知你。"

"好的。"

李佳茵在老公的大力协助下用了两三天时间安排好聚会的一切事宜,聚会地点安排在过去她们常去的度假山庄,那里有她们爱吃的特色菜,吃完饭有 KTV 可以吼上几嗓子,夜晚可以篝火晚会,还有特色怀旧会议室,很多人的聚会都安排在这里。

会议室的背景墙上是林慕雪、郭巧娜、屈莹、李佳茵、李倩的生活照,每一年的都有,有海边的比基尼大秀身材,有公园散步偷拍的萌照,有聚餐碰杯的,有健身房大汗淋漓的,有个人的,有合影的。每一张,每一个人都笑得灿若夏花。在照片的中间,是由李佳茵的老公一笔一画用心抄写的一首诗《时光不老,我们不散》,是他写给李佳茵的,也表达了姐妹不散的心愿,内容如下:

始终相信

天涯的相思

终会等来咫尺的相望

有爱

就有温暖

有思念

温暖就会永恒

一朝情

同心魂梦与你共

念

在每一个晨钟暮鼓

低眉剪一段静默如花

盈一杯温柔若水

用真情

珍藏岁月的静好

守一场缘的旖旎

心的遇见

就是最美

许一份诗意悠长

有你最暖

唯愿

时光不老

我们不散

聚会的时间定在周末的上午十点,李佳茵穿着老公结婚纪念日买的新衣服,佩戴着结婚时的首饰,她也想通过这个特殊的日子纪念她和老公的不老爱情。女人能嫁个好人家,衣食无忧,安稳过日子,真的不容易,一定,一定要学会珍惜。李佳茵是个聪明的女人,她的情商远远高过林慕雪、屈莹、郭巧娜,一直把自己的婚姻经营得很好,虽然偶尔有些摩擦，但也算风平浪静了。

在特定的日子里，郭巧娜并没有像大家期盼的那样像个爷们儿吆五喝六，车祸中她的头部受到剧烈撞击，有严重的脑震荡，到现在也没能醒过来。在林慕雪和李佳茵的恳求下，医生暂时同意把郭巧娜带离医院。李佳茵在会议室放了一张精美的床，小心地把郭巧娜放置在那里，这个场合她应该在的。在会议室的另一个显眼的地方，放置着屈莹的遗像。如果她还活着，那么，今天这个场合，她也是一道亮丽的风景线。

林慕雪今天算是最漂亮的，她乌黑的长发披肩，一袭修身的大红长裙衬托着她雪白的肌肤，真是俏丽若三春之桃，清素若九秋之菊。

"慕雪，你今天真美！"李佳茵的眸子里满是欣赏、羡慕。

"佳茵，你最美。"林慕雪笑起来更加迷人。

"慕雪，你这一笑能勾魂，我可得把我老公盯好了，他可是个男人！"

"佳茵，别拿我玩笑。"林慕雪撇了撇嘴，俏皮可爱的样子像极了郭巧娜，李佳茵的心里突然就难过了，看看像个植物人一样静静躺在床上的郭巧娜，她此时不能一起俏皮地笑了，李佳茵突然就想哭了。

"佳茵，你怎么了？"

"慕雪，没事。眼睛里有点不舒服。"李佳茵怕她的坏情绪感染到林慕雪，今天是个好日子，不能因为自己让大家难过，她立马换了张灿烂的笑脸。

"佳茵，通知倩倩了吗？"林慕雪问。

"通知了，可是她在国外，可能回不来。"

"谁说回不来！"李佳茵的话音刚落，一个熟悉的声音伴着强有节奏的高跟鞋声由远而近，林慕雪和李佳茵的脸上满是欣喜。

"是李倩！她飞回来了。"李佳茵惊呼到。

"这么重要的日子怎么能少了我！"

说话间，李倩已到了林慕雪和李佳茵的面前，时尚的靓装，时髦的卷发，淡淡的粉墨眉，一双大眼睛里透露着对生活的热情，高挺的鼻子，丰润的嘟嘟唇，一副冷酷的表情下隐藏着她那一颗重新燃起希望的热忱的心。她的美，美在冷酷；她的美，美在时尚；她的美就像开在神州大地上的樱花，另类、时尚，还有些许别致的唯美。

"哇，李倩，你变了！"李佳茵的目光死死盯着李倩，从头到脚地打量。

"变了？哪儿变了？我还是我。"

"变了，真变了！你越来越有气质，身材也越发完美了。李倩，你怎么越活越年轻漂亮了！这个世界真有人可以逆龄生长呀！"李佳茵拉着李倩讨好地说，"你告诉我一下，你用的什么秘诀，现在整个人都脱胎换骨了。快传授给我，我也要像你一样大变，那时候惊艳的我，老公一定会爱得死去活来！我就不担心他还有心思去外面赏野花了。"

"佳茵，真有你的！"林慕雪忍不住笑出了声。

"慕雪，你别笑话我，我这辈子好不容易嫁了这么个金龟婿，家境富裕，保我衣食无忧，对我也还体贴、恩爱，我不想办法把他守好了怎么行。"李佳茵说得楚楚可怜。

"好。不笑，不笑。"

林慕雪拍拍李佳茵，把目光转向李倩："倩倩，越来越美了。看到你这个状态真替你高兴！"

"慕雪，我现在活得挺洒脱的。卸下一身的重荷可以昂首挺胸、阔步前行真好！"

"你现在做什么工作？气质这么好！"林慕雪仔细打量了一番李倩说，"你不会做健身教练去了吧！"

"慕雪，神了你！"李倩竖起两个大拇指，"什么都逃不过你的眼睛。对，我现在在一个大型健身俱乐部做瑜伽教练，不仅有钱收还可以锻炼自己，感觉挺充实的。"

"不错！不错！李倩，你真厉害！"李佳茵羡慕的眼神里满是崇拜。

"有什么好羡慕的佳茵，女人最好的生活是像你一样，有人为你筑个温暖的巢穴，最终有个好归宿。"李倩的脸上爬出一丝忧伤蔓延开来。

"慕雪，我想看看郭巧娜，那个女汉子的爷们儿。"

"倩倩，巧巧……"林慕雪指了指她身后那张床，肖宁正在小心地给郭巧娜擦拭额头。

"我以为爱情可以克服一切，谁知道它有时竟毫无力量；我以为爱情可以填满人生的遗憾，然而，制造更多遗憾的，却偏偏是爱情。阴晴圆缺，在一段爱情中不断重演。换一个人，都不会天色常蓝。"李倩蹙起秀眉叹息地轻轻将过郭巧娜额头的散发，看着那个风风火火的假小子，被爱情折磨成这般模样，李倩苦笑了一下，笑得眼泪差点落下来。这一刻，李倩更加体会到，任何一个再要强的女子，到了曲折的爱情路上，都一样身心疲惫、备受煎熬……

"女汉子，你要早点好起来。我们几个每天诚心向上苍祈祷，你一定要早点好起来,看不到你吆五喝六,我们还真不习惯。"李倩打量着身边这个面容憔悴的帅小伙对郭巧娜说,"其实你也是个幸运儿,有这么个死心塌地的帅小子盼着伴你朝夕,婚纱那么漂亮,新郎那么英俊,就差你这美丽的新娘了!快点醒过来,女汉子。"李倩娇滴滴、柔弱弱的声音在空气里回荡,宛若郭巧娜微弱的气息。

肖宁淡淡地回了李倩一个微笑,依旧在细心地给郭巧娜按摩手、胳膊肌肉。

"美女们,时间差不多了,我们可以开始了。"李佳茵的老公兴冲冲地抱着一大束红玫瑰送到李佳茵的手里,众人投去羡慕的眼神。

"喂。"

"干吗。"

"出来。"

"怎么啦?"

"心情不好。"

"好。你在哪?"

"老地方等你。"

郭巧娜被林慕雪、李倩、李佳茵群星拱月围了起来,话筒里传来熟悉的声音,那曾是林慕雪和郭巧娜的一段电话录音,最普通不过的对白,现在听起来都心潮澎湃。

"你再哭,我也要哭了。"是郭巧娜爷们儿的声音,此刻只有这熟悉的录音在空气里寂寞地回旋,一种伤感在无限放大。

"慕雪,我要和你做一样的发型,穿一样的衣服。我只愿意和你撞衫。"是屈莹的录音,那年屈莹和林慕雪初识不到数月却像相识了很多年的老朋友。

"我们说好,绝不放开相互牵的手。谁放开了谁就是孙子!"郭巧娜的大嗓门,那年,郭巧娜、屈莹、林慕雪、李佳茵、李倩去了遥远的海边,在海浪冲来的时候,她们紧紧拉着彼此的手。

"难过的时候,我想你们。想抱着你们哭、倾诉,紧紧地抱着,不分开。开心的时候,我想你们,想拉着你们跳、分享,一直对着你们傻笑,听你们骂骂我傻。"是李佳茵的声音,带着颤抖的哭腔,那是第一次李佳茵和她老公闹别扭,初尝嫁为人妇的心酸。

"你的肩膀,不厚实,但总能给我带来温暖和力量。"是林慕雪和郭巧娜,声音里有酒吧的音乐飘荡,那天林慕雪和郭巧娜喝得酩酊大醉。

"你说日子这么过下去,我们都有了工作,再有了家庭。我们是不是就要忙忙碌碌地为了柴米油盐变成黄脸婆。但是,即使那样了,我们也会千里迢迢去看彼此。"大屏幕上出现了一组画面,林慕雪、郭巧娜、屈莹、李佳茵她们一个个美若天仙,笑靥如花,围着美丽的新娘李倩拍照,末了,李倩意味深长地说了那样一番话。

林慕雪的眼圈红了,她拿起话筒,深情地说:"无论多久没见,见面之前的澎湃心情立刻被见面以后的平静淹没。"她的目光落在了李倩的身上,"好像我们昨天就在一起,出来逛了个街,吃了饭,手牵手。"

李倩接过话筒:"只要一个电话一条短信,就还是能在那个老地方,看见你在那里等我,我们都不曾离开。"

李佳茵的眼睛也起了蒙蒙的雾气:"幸福的,浪漫的,与你分享;心痛的,难过的,你抱着我。一个眼神就能了解我的全部。"

"不管多久没见面,我们彼此都还是老样子,脾气差,说话大声,不

注意仪表,可是,永远笑得那么开心。所谓的朋友就是这样,无论从哪里来,或多久赶过来,不尴尬,很轻松自然。我心疼你,你的眼泪淋湿了我的心,真的,真的有个人为你心疼。"林慕雪的声音哽咽了,断断续续地说完。

李倩的眼眶湿了一大片,她几乎是哭着说:"朋友是唯一一边骂你一边为你擦眼泪的角色。你知道,就算大雨让整座城市颠倒,我会给你温暖怀抱。"

"我只知道我走到哪里都会回头寻找你们。我过得好不好都要你陪我。因为身边少了你,我真的不完整,我丢的不只是挚友,而是丢了半个自己。"李佳茵已泣不成声。林慕雪和李倩的眼泪再也控制不住了,三个人抱头痛哭起来,眼泪像奔涌的河水,滔滔不绝。

"别哭了,再哭我也要哭了。实在不行就哭吧,哭完我们去吃小火锅。哭完了? 这下好了吧,最后一家小火锅都关门了。"

这孩子般的、微弱的、粗喘的声音唤醒了所有人的惊喜,肖宁第一个扑过去:"你醒了! 你终于睁开眼睛看我了!"郭巧娜忽闪着大眼睛,像两盏明灯,肖宁的世界被照亮了,一片灯火辉煌。

"郭巧娜,你终于醒了!"李佳茵的眼里放出光来。

"巧巧,醒来就好。"林慕雪的眼里满是欣喜、激动。

"郭巧娜,我们又可以听你爷们儿似的吼叫了,真好!"李倩开心地笑了。

"你们这帮女人又是哭又是叫的,我在鬼门关都住得不安宁……更可恨的还有那么多条录音,那些清晰的画面再现……我怎么舍得不回来! 你们几个一个比一个深情,一个比一个掏心掏肺……那些话说得我心都颤抖了,急着往回赶,我再不醒来你们的眼泪都快把我冲走了……"郭巧娜的声音哽咽着,断断续续,吃力地吐着一字一句。

"巧巧,今天真是个好日子,你是我们最大的惊喜。"林慕雪用手轻轻擦去郭巧娜眼角的热泪,滚烫滚烫的。

"大美人儿,我好久没听你说话了,这个特殊的日子你不给我们讲几句意味深长的句子?"

"对!慕雪,该你总结总结!"李佳茵把话筒递给了林慕雪,大家的目光都落到林慕雪的身上。

"我……"林慕雪的脸上飘过一丝娇羞,灯光下她成了一道风景。

"曾经有一位作家说过:童年是一场梦,少年是一幅画,青年是一首诗,壮年是一部小说,少年是一篇散文,老年是一套哲学,人生各个阶段都有特殊的意境,构成整个人生多姿多彩的心路历程。友谊是人生旅途中寂寞心灵的良伴,无论走遍天涯海角,难忘的是故乡,无论是从教经商为官,无论是近在眼前还是远在异国他乡,难忘的还是心中的朋友。

"这一次短暂的相聚,能了却我们一时的惦念,但了却不了我们一生的思念。这就是深深的、一生一世的朋友情谊。让我们的聚会成为一道风景线,让我们的聚会成为一种永恒,记住今天这个特殊的日子,相信将永远定格在我们每个人人生的记忆里!我们的友谊会像钻石一样坚不可摧,在岁月的流逝中凝成永恒……从今天起,只要我们常常记得联系,心与心就不再分离,每个人的一生都不会再孤寂。就让我们像呵护生命,珍爱健康一样珍惜我们之间的友谊!"林慕雪的话音刚落,话筒里传来郭巧娜微弱的呼喊:"友谊万岁!友谊长存!"

在一片响亮的掌声中，"友谊长存！友谊长存！"一声高过一声，几个貌美如花的姑娘紧紧拥抱在一起，这一刻她们比任何时候都体会到友情的珍贵。

"巧巧，这些日子大家都很担心你，你给大家说几句吧。"林慕雪小心地问，"你的身体可以吗？"

"可以！"郭巧娜努力使自己看起来状态很好的样子，拍了拍胸脯很爷们儿地说，"睡了那么久，养精蓄锐也差不多了，可以吼几嗓子了。"

"你，你可不敢太用力，医生说了要注意休息，恢复得快……"肖宁着急地看着郭巧娜。

"去——你当我是泥捏的？"郭巧娜撇了肖宁一眼，"我没那么柔弱，大风大浪都过来了。"

"巧巧，肖宁是为你好。别身在福中不知福！"林慕雪望着郭巧娜，意味深长地说，"好好珍惜！"

"就是，郭巧娜！这么帅气又体贴的白马王子你再吆五喝六不珍惜我可给你抢走了。到时候别找我拼命啊！"李倩眯着眼给肖宁投射去一道电光，肖宁的眼睛迅速躲闪了她的电波。

"李倩，你怎么这么贪心啊。你还准备养个男宠不是？"郭巧娜嘟着嘴大眼瞪着李倩，"有我这只母老虎，我们家的帅哥你就放弃吧！"

"李倩，你可斗不过郭大爷，见好就收吧。"李佳茵的俏皮样逗乐了众人。

"言归正传！"郭巧娜换了个严肃的表情，见大家既期待又担心，心疼地望着她，吃力地从嗓子眼里挤出那些她想说的话，她知道，错过了今天,就错过了很多年,所以她不想放弃,不想错过,即使她现在的状况不适合讲太多话,她还是倔强地坚持,"我这些日子辛苦大家的照顾和挂念,感谢上苍垂怜又捡回一条命。以后我会更加珍惜我身边的人,活得更现实一些。从鬼门关走了一遭,我才明白,一个人只有活着,才有机会去谈情——爱情、友情、亲情……自己连生命都没有了,如何一往情深!我郭巧娜这辈子最幸运的是有一群你们这样的姐妹,相知相伴,在春夏秋冬都沐浴阳光……虽然我平时比较嚣张, 总是吆五喝六,不过对你们的心都是热腾腾的。"郭巧娜望了一眼屈莹的遗像,有点难过地说,"那个不争气、命不好的傻女人早早走了,这大好的时光你们可要且行且珍惜。待到满头白发,皱纹爬满额头的时候希望大家都在,还能凑上一桌,一个不少! 谁都不缺。我希望到时候不仅咱们老太太聚齐了,每个老太太身边都配上一位精干的老头,端茶倒水,陪咱们谈笑风生。"一段简短的话耗费了郭巧娜很大的精力,她的额头有细微的汗珠渗出,脸色亦有些苍白。

"亲爱的,我肯定在你身边伺候着你。"肖宁把嘴贴在郭巧娜耳边,一副乖巧的样子。

"还指不定到时候谁在我身边呢!"郭巧娜故意冷冷地瞥了肖宁一眼。

肖宁这下可急了,也忘了郭巧娜还是个病人,一把抓住郭巧娜,"你可别忘恩负义呀!咱俩可算是经历过生离死别的。你看看,这些日子我头发都白了,人也瘦了一圈儿,你都不知道那些日夜我是怎么熬过来的。"肖宁的眼泪在眼眶里打转儿。

郭巧娜这才仔细打量起肖宁,他确实瘦了一圈儿,深陷的眼窝里是黑色的眼圈,足见他多少个夜晚没有过充足的睡眠,郭巧娜想起在她昏迷的时候,肖宁在她耳边说了很多话,那是到医院的第三天晚上,肖宁应该是看到了柳兵的遗嘱,他没有抱怨,没有怀恨在心,而是心疼地握紧郭巧娜的手,把温热的唇贴在她耳边,用妈妈疼孩子的语调说:"亲爱的,别怕。他离开了还有我,我在心里谢谢他替我照顾了你那段时光,以后我会把你照顾得好好的。比他更加体贴,给你更多爱,这样你就不会因为想起他而难过。过去无论发生了什么,都过去了。只要你以后生活在幸福里就够了,我只希望我们能过上幸福的日子。"郭巧娜想起那些话,她的心里暖暖的,都说爱的最高境界是心疼,现在她懂了,她一直在等待的应该就是肖宁这样一个人。如果她再不懂珍惜,错过了,也许这辈子就再也遇不到对的那个人了。在柳兵的事上会伤害到肖宁,可他竟只字未提,当作什么也没有发生,他是怕揭开郭巧娜的伤疤,那样他也会跟着心疼。他只是一心对郭巧娜好,这种心疼比爱更让人感动。郭巧娜决定,这一辈子,就非肖宁不嫁了,任何意外都阻止不了她的决定!

"肖宁,我非你不嫁!以后我可吃定你了!"郭巧娜说得很坚决!

"真的!"肖宁高兴得像个孩子围着郭巧娜转圈儿,"我终于等到你这句话了。值了!值了!比什么都值了!"

"看你那傻样儿!有那么高兴?"郭巧娜嘟着嘴。

"这可是大事儿!可是我这辈子最大的事儿了!也是最高兴的事儿。"肖宁蹲在郭巧娜的面前像个孩子一样忽闪着大眼睛。

"那……我们……"肖宁期待地望着郭巧娜。

郭巧娜明白肖宁的心愿,他怕郭巧娜又不翼而飞了,不嫁入肖家,他始终不安心。"等我的腿可以走路了,我们就举行婚礼,我为你穿上白婚纱,和你安稳地过日子,孝敬彼此的父母,养育儿女,做个上得厅堂、入得厨房的传统女人。只为你肖宁这份执着的爱。"

"谢谢你,亲爱的。"肖宁在郭巧娜的脸上一阵狂吻,周围响起热烈的掌声。

因为说了太多话,郭巧娜的体力有些不支,但她坚持要到聚会结束,她静静地躺在那里,肖宁围在她的身边,细致入微地照顾着,大家也就省了些心。

大屏幕上突然出现了李佳茵和她老公的婚纱照,然后是各种纪念日里的特写镜头,李佳茵还没明白过来怎么回事儿,她老公紧紧抱住她,一个深情的热吻,当着所有人的面说:"借今天这个特殊的日子,我谢谢你佳茵,我只有一颗心,里面已经被你塞得满满的,这些年的点点滴滴,已经把我们融到了一起,不可分割,你从我心里走不出来,别人也走不进去,所以请你安心地在我身边享受爱和幸福,我会努力、用力去爱你,直到白发苍苍。请你在以后的日子里一定要相信我,更要相信你自己,我们一路且行且珍惜,恩爱到底!"

"好!好!"一阵高呼声,李佳茵的眼泪幸福、尽情地流淌着,她觉得老公说得对,她得信任他,胡思乱想的猜忌让自己莫名地伤心,也会伤害到他们之间的感情,他是爱她的。她必须相信这一点才能全心全意经营好自己的婚姻,花开一季,要努力芬芳。

聚会结束,李倩和林慕雪谈了许多,她回国的消息并没有告诉李明浩,她也没有打算见他,李倩说,她要给彼此留够充足的时间去和寂寞孤独做斗争,在日思夜念中想明白谁才是最适合在一起过日子的,油盐酱醋,不争不吵,不因时光而黯淡的人。

那天夜晚月亮很圆,夜很冷,李倩和林慕雪拥抱了很久才打车去了机场,临走前她对林慕雪说:"多少次繁花似锦,又多少次落英缤纷;多少次枝繁叶茂,又多少次黄叶飘零;多少次春雨萧条,又多少次冬雪飘飘;多少次芳草萋萋,又多少次枯草连连。我们一直在等待,静静地等待,耐心地等待,因为我相信,最终有一个人一定会出现!慕雪,你要等!"

"好,我一直在静静地等待!"

"大美人儿,睡了吗?"郭巧娜在微信上发了一张笑脸。

"没有,有点失眠。"

"大美人儿,我读到一段好文字,与你共享。"

"好,发给我。"

郭巧娜发过来一长段文字:你要相信世界上一定有你的爱人,无论你此刻正被光芒环绕被掌声淹没,还是当时你正孤独地走在寒冷的街道上被大雨淋湿。无论是飘着小雪的清晨,还是被热浪炙烤的黄昏,他一定会穿越这个世界上汹涌着的人群,和目光里沉甸甸的爱,走到你的身边,抓紧你。他会迫不及待地走到你身边。如果他还年轻,那他一定会像顽劣的孩童霸占着自己的玩具,不肯与人分享般地拥抱你。如果他已经不再年轻,那他一定会像披荆斩棘归来的猎人,在你身旁燃起篝火,然后拥抱着你疲惫而放心地睡去。他一定会找到你,你要等。

反复读着郭巧娜发来的文字,林慕雪的脑海里出现了一组画面,形象而真实:一个男人高大的背影,他的肩宽而厚实,靠上去有种舒适的安全感。他的怀里抱着一个小孩儿,像极了果果又好像不是,两人转着圈儿,笑声仿佛是这个世界上最动听的音乐。一个女人从厨房里端出一盘盘美味,男人放下孩子,一家人有说有笑,其乐融融地围着餐桌……林慕雪渐渐被幸福感动了,虽然始终没有看清那个男人的脸,她还是被这画面感染了,心越飞越远,融了进去……

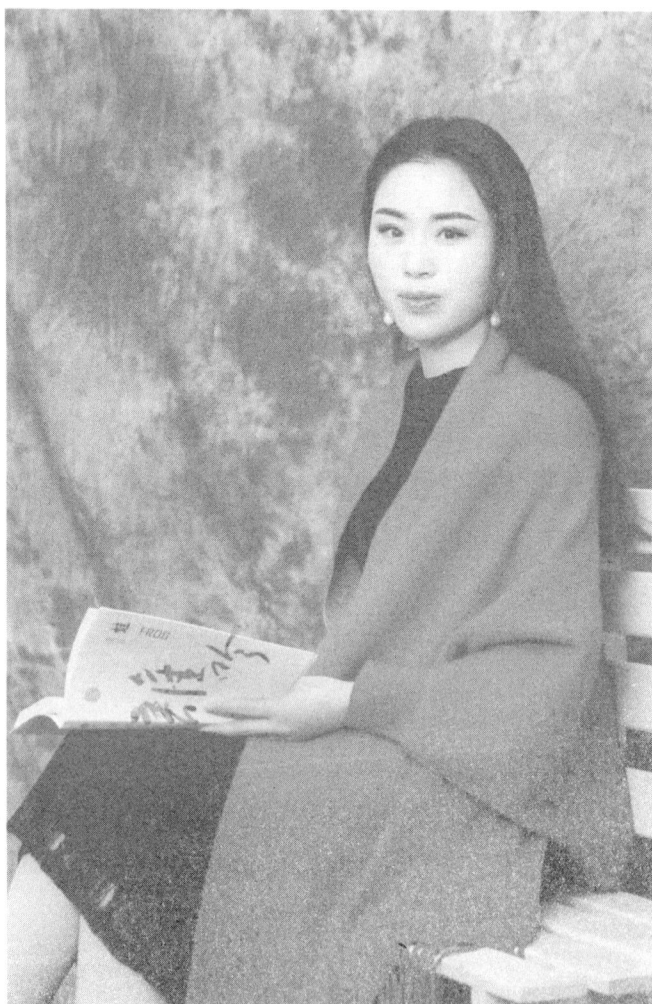